◆◆ 中国文学名家散文精选丛书

# 蜀地行吟

## 朱晓剑 著

江西高校出版社
JIANGXI UNIVERSITIES AND COLLEGES PRESS

南 昌

**图书在版编目（CIP）数据**

蜀地行吟 / 朱晓剑著. -- 南昌 : 江西高校出版社，
2025.6. -- (中国文学名家散文精选丛书). -- ISBN
978-7-5762-5615-4

Ⅰ.I267

中国国家版本馆CIP数据核字第2024XF2848号

责 任 编 辑　刘丽英
装 帧 设 计　夏梓郡

出 版 发 行　江西高校出版社
社　　　　址　江西省南昌市新建区工业二路508号
邮 政 编 码　330100
总编室电话　0791-88504319
销 售 电 话　0791-88505090
网　　　　址　www.juacp.com
印　　　　刷　鸿鹄（唐山）印务有限公司
经　　　　销　全国新华书店
开　　　　本　650 mm×920 mm　1/16
印　　　　张　13
字　　　　数　160千字
版　　　　次　2025年6月第1版
印　　　　次　2025年6月第1次印刷
书　　　　号　ISBN 978-7-5762-5615-4
定　　　　价　58.00元

赣版权登字-07-2024-1001

# 自序

这几年，只要时间允许，我总是要到外面走一走，看看大千世界。"读万卷书，行万里路"，正是今天的写作者所践行的一种方式。

不过，我所行走的地方，大多是在四川境内。在我的周围，不乏这样那样的行走者，有的关注地方人文，有的则关注地理的变迁，且各有各的视角。这种行走与发现，让行走本身多了重意义。

那么，我的行走呢？

这也是值得思考的问题。现在的大多数景区，人与事，多多少少都有人记录。哪怕是不起眼的地方，都似乎有人关注。确实，要做到独特的发现，很难。但侧重于当下，并由此回望过去，似乎就有了不同的意义。但这行走与今天所看到的旅行家，似乎又有所不同：旅行家的目标性更强一些，而我的旅行则是散漫的，随机的，即便如此，也会有些新发现。

## 地方的趣味

诗意，不只是存在于远方。当周围的朋友将旅行投向远方之时，我所关注的依旧是一个个的小地方。它们多是名不见经传的地方。

小地方，多数情况下，只是相对而言。站在乡村的角度看，场镇就是大地方，县城则是更大的地方，而像成都这样的地方则是繁华都市。反之，所看到的世界，就是越来越小了。

小地方有小地方的趣味。没有宏大的叙事，唯有具体而微的人与事，正所谓"一方水土养一方人"是也。那些生动的故事，等待着有心人的挖掘、整理，当我们仔细打量时，才会有更多的发现。

当然，小地方的人与事，并没有那么多么轰动的事，琐细而又丰富，它们却是有着自己的温度。这也是在日常生活中最感动人的地方。

## 小地方的生态

生态越来越受到重视。这是因为生态环境的变化，让极端天气变得越来越频繁，我们所感知的世界，变化得越来越快，不是向好的转变，而是坏的转变。

小地方的生态，是一种缩影。当我们谈论大环境的变化时，常常会忽略掉那些细微的变化。它们一点一滴，累积而成，倘若早一点环保意识，大概不会有更糟糕的未来。

2009年前后，我参加过生态征文，接触过一些环保、生态的社会组织，那是一腔热血的人，他们将先进的生态理念带进来，做着非凡的小事，期望通过努力，改变生态的状态。让人感受到社会的新气象。那时我也想以后做个生态志愿者，也不错。但这条路很显然走起来，不容易。不知何时，他们似乎渐渐地离开了这个舞台。我还记得他们当时办有网站、期刊，现在却都已看不到了。那些期刊，我却依旧保存在书架的一角，成为历史的记忆。

现在的生态观念，与此前相比，既有变化又有传承。这在小地方尤其表现得明显，生态组织也还有，他们以第三方的方式来介入生态改变，让环境变得更美好。然而，这也面临着地方政府干预的可能，总之，生态这条路尽管艰险，却是宽广的。

## 未来的必由之路

当生态越来越被人们重视之时，关于这一话题的探讨更深入人心。这几年，我通过行走去发现不同地方的生态之美。这看上去是一个个的个案，却也说明了生态对日常生活的重要性。

2016年，我在《美酒成都堪送老》一书里写到成都的雾霾严重性。当时的冬天，出门不戴口罩的话，就会持续出现咳嗽，家里或办公室，都有了空气净化器，这当然是小环境的改善。若是没有大环境的变化，这种做法，就是杯水车薪了。好在成都推出蓝天保卫战，站在市区可以遥望雪山，这种现象，今天也被人津津乐道，并由此诞生了"雪山下的公园城市"的概念。不只是如此，生态并非一时一地之事，生态圈，让我们对日常生活多了关注。

《蜀地行吟》正是这几年的行走记录，但也有些许思索。诚然，生态是一个大话题。随着我们对生态的重视，也必将带动生态的改变。

2024年10月5日

# 目 录
CONTENTS

第一辑

# 在东部新区，丹景山上觅诗魂

成都东部的龙泉山森林公园近年来颇为引人关注，这不只是成都的城市发展格局由"两山夹一城"到"一山连两翼"的变化，也因这里的人文地理环境独特，自古就有诗文描写这里的风貌，这些都为龙泉山增添了色彩。

前不久，有位文友说在成都周边看星空的最佳之处，是在东部新区的丹景山，我未曾在夜晚在丹景山眺望，却从网上看到许多相关的照片，感受到这星空的瑰丽，真是浩瀚。然而，此丹景山常常被误认为是彭州的丹景山。这让我想起清代简阳诗人戢澍铭的诗作《登丹景山》：

群峰争蔽空，一山天外立。苍翠割鸿蒙，阴阳判朝夕。盘空鸟道悬，壁立人面逼。回环旋螺纹，崎岖越鸡帻。头触前人尻，足抵后人额。宛转及层巅，兰若露林隙。我自后院游，缒幽探古迹。老干耸崖端，根迸石壁裂。遥望锦官城，迷离烟雾隔。仰盼云霄间，帝座通呼吸。引手排天阊，星斗近可摘。怀古意茫茫，感慨盈胸臆。倚栏自低回，西风吹瑟瑟。

戢澍铭（1836-1908），字朴斋，简阳草池堰人，居家读书，著有《松石斋诗钞》。在《巴蜀近代诗钞》里有对戢澍铭的介绍，很简短，却收录了其诗作多达九首。在《简阳县三岔区志》里记录了其继室余珍卿，也擅诗词，著有《松花阁诗钞》一卷。其有诗《同外子分韵》曰："老屋俯青郊，空庭映白茅。凉风生竹隙，新月点花梢。酒熟同郎饭，诗成嘱婢抄。蝉声何处至，瓜架满庭坳。"生活气息扑面而来。由戢澍铭和余珍卿留下来的诗歌，我们不难看出，作为居于乡间的读书人家，其诗并无华丽的词句，以家常语来写身边的风景，山水之乐，赏花寻梅、田园风光，在诗文唱和之中，将日子过得有滋有味，这同样给我们留下了川西坝子乡村生活的历史见证，通过这些诗歌，我们亦可看到简阳当时的乡土风貌。

这先说这丹景山，简阳人陈怀山在《培修丹景山禅院碑并序》里说："丹景山由龙驿发脉，蜿蜒奔赴，突出一峰，登高凭眺，一览众山小，后有桓营，右有峨峰，山诗五龙朝拱，此丹景胜概也，相传后主读书于此，有鹿池以供洗墨，古迹由存，考简州旧志，谓明天启中，改五台山为丹景，在州西北二十里，修志之误也。"我在《成都诗览》所看到的丹景山介绍，正是如此解释。简阳作家巫昌友说，《绛溪稗抄》记载，丹为红色，意喻日出东方。而景则指五岭朝拜之状。丹景山之前叫五岭山或五龙山，与玉成九岭埂遥相呼应，暗含九五之尊的玄机。这或许是因丹景山是龙泉山的第二高峰，高达974米，民间亦有"五龙朝丹景，一脚踏三县"之称，所谓五龙是五座连绵的山峰汇聚于此，而这里的三县即旧时的简阳、双流与仁寿，恰好说明了丹景山的地理位置独特。

在戢澍铭的这首纪游诗里，诗人描述了登临丹景山所看到的风景。

首句即点出了丹景山"高"的特点，群峰都争着去遮蔽天空，而这座山却鹤立鸡群般屹立在群山之中。当诗人站在山巅玉皇顶，可远观，可近看，各有妙趣。接下来，诗人写众人登山时的场景，盘空中，山势似鸡冠一般，人攀援在"回环旋螺纹"的鸟道之上，所谓鸟道，即李白所说的"西当太白有鸟道，可以横绝峨嵋巅"，是"极其险峻难行的山路"。攀援的人头顶着前人的臀部，脚几乎踏着后人的额头。这样的山路，凶险之中又带给人惊喜。

一旦通过这鸟道，就到了山的最高峰，在树木的间隙中，隐隐约约可看到寺院的一角。那么，这里所说的佛寺是佛兴寺，还是玉皇楼或十二殿，虽然诗里没有确指，但从简阳留下的相关史料来看，此处所说的应该是玉皇楼（登高远眺，大千世界尽收眼底），最起码在《简阳县三岔区志》没有佛兴寺的相关记载。倒是在写到这两座庙宇时，有这样的描述："旧时山上古柏苍翠，杂树葱笼掩映碧瓦红墙，岫云薄雾，时闻暮鼓晨钟，园寂塔如林，鹿子凼常年不涸。"

在此地还流传着一段刘禅读书的故事：蜀汉刘禅曾在此攻读，难寻磨墨用水，忽见两鹿就地滚出二凼，水出凼中（一清，可供饮用，一浊，可供洗涤），深六七尺，常年不溢不涸，今二水凼尤存。又说，刘禅课读中不致志于学，一次，其师以黄荆条责之，禅负痛而诅咒黄荆"死绝"。此后，丹景山即无黄荆生长，至今犹然。老百姓说："谁寻得黄荆，便是延年益寿的灵芝草。"

不过，戢澍铭在山巅所看到的庙宇系明代建筑。在过去，每年的正月初九，此庙例办"上九会"，会期历时数天。"庙内香烟缭绕，庙外商贩云集，虽日宰猪数十，尤不足供应"，可见是远近闻名。再后来，寺庙因位置偏，渐渐荒废，仅存千年银杏、黄楝树各一株，见证了这沧桑岁月。

作者眼前所看的风景，恰如楚山所说的"到处风光只现成"，这里既有古迹，也有树木的老干耸立在山崖的顶端，树根则深深扎入石头缝隙之间，石壁都裂开了。作者接下来写远景，站在这里眺望远处的锦官之城，此刻的山间云雾缭绕，仿佛自己置身于蓬莱仙境。这就写出了山之高，视野开阔，正适宜远望，锦官城的繁华市井生活就好像在眼前一般。

随后作者继续写在山巅的感受：在云霄之间，就似听到北极星的呼吸声。"引手排天阊，星斗近可摘。"同样是写山高，却用了"星斗近可摘"来描述，这似乎也在说明早在清代这里即可观星空。

站在这丹景山，是可以感受着不同的气场。此刻，山风吹来，有瑟瑟的感觉，独自倚靠在寺院的栏杆上，不禁让人想起古人的苍茫悠远，心中自然是一片感慨，想起苏东坡的词句："不知天上宫阙，今夕是何年。"这倒有楚山和尚居于龙泉山时所写的感受："数行幽鸟投深树，几片残霞映落晖。"

便在诗里，诗人虽然通篇是写看到的眼前的风景，但也有寄托与深意，表达了一个读书人的初心：期望人们的生活是幸福美好的。相对于那些名诗人的诗歌，戢澍铭的诗虽然名气并不是那么大，却因写出了身处在一个颇具诗意的生活场景。这对于我们了解丹景山而言，却又有了新认识。这才是诗歌留存给世人的价值。

三国胜迹，想不到在丹景山也有多处，这皆因此地是成都东门的屏障，故留下来的故事和传说均多，如在山顶，有刘禅留下的"阿斗读书台"（旁边有劝学庵）。而在丹景山半腰处有一树三身的古柏，距今已有千年历史。高约20余米，胸围平均约3米。远看是一株巨柏，实为并列生长的三根粗大笔直的古柏，形成"一树三身"的奇观。这里讲述的是这样一个故事：相传刘禅降魏时，其子北地王刘谌不从，他不甘降魏受辱，杀妻戮子，到昭烈皇帝庙祖父刘备位前大哭并自刎身亡。北地王刘谌杀家告庙的惨死，感动了庙内一庙祝，遂将其三子之首级葬于此，不久便长出了这株奇特之树。在这附近还有三国虎将屯兵地"张飞营"（位于东部新区武庙烂田村和团堡村之间，与双流县太平镇交界，海拔951.4米。四周是岩，仅有一条小路上山，山顶地势平坦，此处亦有张飞摩崖造像）等。在这里还流传着一道名叫张飞回锅肉的美食，即炒回锅肉时加入苕粉的就是了。

此外，与丹景山遥相呼应的有座山，其山四周悬崖壁立，西侧属双流区辖，因其险峻，名曰"手爬岩"，山顶海拔880多米，名为关爷山，山上有寨名关爷山寨，传说与蜀汉大将关羽有关。但民国版《简阳县志》记载为明时修建。在寨北，有岩石裸露屹立，状似人，当地老百姓称之为"人头石"，学者胡开全说此石"非常惟妙惟肖"。现在已看不到"人头石"，倒是有一块仙姬送子石在，这是一个美好的传说。

诗人巫英的家就在丹景山下的青山村，我曾去那里寻访过与丹景山有关的故事，所得甚多，但有些与史书的记载有差异，这让我看到丹景山文化的丰厚。她曾写过一首《在丹景山，洗心》，说："把自己倒映在山水中，我怀揣/遗失的鸟音，自由自在地走着/每一步都饱满如天底下最好的事物"，这样的洗心正是身处繁杂都市里，洗心之后的自在。

然而，今天的丹景山随着龙泉山森林公园的建设，早已不是戢澍铭笔下的诗境，而是有了新意境，天府机场呈现在眼前。这种推陈出新是城市进步的必然结果。恰如作家杨献平所说的"一古老一崭新，一现代一沧桑，这种对比，像极了我们所在的这个时代，既有雄厚绵长、独特而又鲜明的文明文化之背景，又有新的梦想和蓝图，这肯定是丝丝入扣、同气连枝的一种相辅相成的亲和关系，更是一幅壮观的前赴后继、推陈出新，充满生机的可人景象。"当我走进丹景山，再想起戴澍铭的诗句，忍不住吟诵起一位诗人的诗来："丹景山，栖居的诗篇，依然烂漫如夏花，静美如秋叶。"

从城区坐地铁18号线，至三岔站，再坐车就抵达丹景山景区。如今的丹景山更为吸引人，这是因为此处有成都的"城市之眼"、海拔702米的丹景台。这儿是丹景山山脊的最高处，其螺旋向上的栈道和圆形曲线，从空中俯瞰下来，就好像见到了太阳神鸟。沿着螺旋木道走上观景平台，这开阔的视野与清风一同到来。极目远眺前方，能看到形态秀丽的三岔湖，湖面静谧，百岛林立，这样的场景不禁让人想起曾有人写的一段诗词来："山叠翠，水萦洄，天外天。曲港浅，沼深潭，丘壑千万般。湖中鱼虾鲜美，岸上瓜果香甜。风景似江南，若乘洞庭风，如泛西湖船。"这也是诗人许岚笔下的风景："三岔湖，一枚流动的山水书签、少女情怀。我的诗句，在这里春播、夏长、秋收、冬藏。"站在丹景台上，向后方看去，聚峰谷、我的田园、宝仓湾、狮子宝、东来桃源等网红打卡点就持续呈现在我们的眼前。站在丹景台所看到的不只是有古意，也有现代，让人感受到时空穿越之感，也是诗人吴芳吉笔下的"绝顶瞰诸天"里的景致："益州平如掌，青城几点烟。田亩相稠叠，明镜纷万千。茸茸散村树，秋色正澄鲜，恍如临灞岸，回首望樊川。"就好像站在终南山看见灞桥、秦川一般。而这丹景台所看到的景色，是可以和这些相媲美的。

除了这丹景台，这里还有丹景亭、丹景阁、丹景里，它们各有趣味与风采，站在这几处所看到的风景迥异，却也让我对丹景山以及这森林公园多了认识，最起码让我意识到了即便是身边的风景，如果少了发现，就会有"熟悉的陌生"之感。此时，面对丹景山，我也有这样的感觉。

丹景台四季有景。这里的植物种植由英国生态草本植物群落专家詹姆斯·希契莫夫教授指导，将观赏草与草花植物有机搭配，利用四季演替的植物特征为节点提供长期稳定变换的观赏效果。同时，这里的夜晚借助于灯光璀璨，成就了完美的夜晚景致，让人流连忘返。

当我们漫步龙泉山之时，丹景山成为必到的打卡之地，这里不仅能观看自然风光，也能欣赏到湖光山色，也可跟着学者寻访三国旧迹，当然少不了寻觅这里的诗魂：诗意不只是在远方，也在我们的身边。

# 花木掩映竹林盘

## 一

秋日，沿着锦江绿道行脚，看见百花潭公园临近江畔之处，有芙蓉绽放。这不禁让我想起后蜀孟昶命人在成都城上遍植芙蓉花，每至秋天，五色芙蓉竞相开放。后蜀张立有诗句说："四十里城花发时，锦囊高下照坤维。"当时成都城的芙蓉花盛开的场景，也是让人流连的。

无端地，想起了《枕草子》里的开头：春天是破晓的时候最好。渐渐发白的山顶，有点亮了起来，紫色的云彩微细地横在那里，这是很有意思的。夏天是夜里最好。有月亮的时候，这是不必说了，就是暗夜，有萤火虫到处飞着，也是很有趣味的。那时候，连下雨也有意思。

"有意思"，正是寻常生活里的涟漪，短暂而又愉悦，需要快速地抓住，就像艺术家所说的灵感一般。"有意思"所呈现出来的是沉浸在生活里的喜悦。

在散花楼打望，流水潺潺，水映芙蓉，风姿绰约，更是让人觉得两岸风景绝美。这芙蓉正是成都的市花。再前行，就看见了一个名为"寻香馆"的所在，看上去古色古香。这大约是借用陆放翁的《梅花绝句》：

"当年走马锦城西，曾为梅花醉似泥。二十里中香不断，青羊宫到浣花溪。"此处所以1说的是梅花，绵延二十里，这壮观的场景，亦让人着迷，恰如陆游所言的"锦城梅花海"，一个"海"字足以说明当时的城市景观，这也给人以遐想。

杜甫草堂靠浣花溪边上有一株老梅，最为知名。书法家刘东父有诗词记在草堂寻梅事。这梅，虽不是唐朝风物，也许是跟杜甫写梅花有关："东阁官梅动诗兴，还如何逊在扬州。此时对雪遥相忆，送客逢春可自由。幸不折来伤岁暮，若为看去乱乡愁。江边一树垂垂发，朝夕催人自白头。"但杜甫写成都花草最为出名的是《江畔独步寻花》，此处所说的江乃成都最为知名的浣花溪，后人曾编选一部《浣花诗选》，记录其往昔。春暖花开时节，浣花溪畔，田园风光，透着自在的气息："黄四娘家花满蹊，千朵万朵压枝低。留连戏蝶时时舞，自在娇莺恰恰啼。"这样的场景营造，倒真是有花城之称了。如今的浣花溪虽不如唐宋时的风景，却因有浣花溪湿地公园在，成为一处赏花胜地。

在成都，花木不仅适宜自家观赏，亦可作为公共的绿化植物。成都人扬雄早就在《蜀都赋》里说："被以樱梅，树以木兰。"当时，樱花、梅花、木兰皆是绿化植物。而古蜀特产"酴清"，是蜀人采酴醿花所酿。酴醿，《群芳谱》说："色黄如酒。"那时的成都，就给人以城春草木深之感了。

行道树不仅有美化城市的功用，也有生态之美。唐宋时的行道树多元化，如柳树、槐树皆为行道树。在西郊的锦江两岸，柳树林立，杜甫诗云："市桥官柳细，江路野梅香。"槐树也一度成为行道树："沟水浸新月，街槐生碧烟。"从宋代至清，成都的行道树以皂角树和油患子居多，成都现存最古老的皂角树，位于人民中路，树龄高达490年。清末则是女贞树为主打，而银杏、香樟则是数十年以来的事情。这也可看出成都人对花木的认识是有变化的。

街巷花木，庭院栽花，一派生机盎然，它们却是各有各的味道。故今天以花木命名的街巷还有数十条之多，如桂花巷、枣子巷、紫藤路、槐树街、银杏路、芙蓉街、梨花街、莲花村、柿子巷、东桂街、竹林巷、五桂桥、双桂路……花草一岁一枯荣，却让成都人有喜之不尽的情趣。

成都人为何如此爱花木？这当然是得益于成都人优渥的生活，养成了闲雅的气息，故在生活里多了文艺的情调。

这恰好也说明这一点：成都从建城之初，就十分注重生态的和谐发展，花与树，山与水，静与动，都是那么有意思的，聚集在一起，让成都这座城才有如花似锦的风景。

## 二

说到成都的花木，不能不说花市。花市，亦可称为花会。虽然并非成都所独有的市场，却是最有特色的市场之一，因成都气候温润，故能让花木生长繁盛。此也跟成都的生态怡然相关。

自然里的花木，与人工栽种的花木，恰恰是花木的不同状态下的生长。栽花种草，成都人早就进行了尝试——把花草移栽在自家的院落里，随时可看着，这或许可以看作成都人审美趣味的落地。

成都人最早种植菊花是在啥时间？答案则是东汉时期的事儿，在蜀郡守文翁所建的石室书院内，就曾发掘出菊花浮雕。宋人景焕撰的《牧竖闲谈》则有这样的记载："蜀人多种菊，以苗可采，花可入药，因旧悉植郊野。"简言之，菊花不仅可观赏，还可入药，这也是成都人对花木价值的多重理解。而今天的菊花品种更胜往昔，更是演绎成了一年一度的菊展。

要历数成都的花木演绎，肯定是件很繁琐的事儿，在不同的时代，留下的花木记载，可谓数量繁多。单就花市而言，到唐宋时，成都有专门的花市，《成都古今集记》记"十二月市"中，花木主题类的有"二月花市""八月桂市""十一月梅市"，可见成都人是为花痴狂。

公元881年，唐代诗人肖遘的《成都诗》中就写道"月晓已开花市合，江平偏见竹篱多。"宋薛田《成都书事诗》亦有"花市春风绣幕寨妙"之句。宋陆游在《海棠》诗中写道："尚想锦官城，花时乐事稠。金鞭过南市，红烛宴高楼。千林夸盛丽，一枝赏纤柔。狂吟恨未工，烂醉死即休。"这里所说的"南市"即古之花市。

成都花市应季而变，唐宋时冬以梅花、春以海棠为胜。唐代李德裕主政西川时，在成都城中遍植海棠。贾岛《海棠》："昔闻游客话芳菲，濯锦江头几万枝。"让人看到锦江两岸的风光。宋祁《益州方物略》描绘说："蜀之海棠，诚为天下奇艳。"宋代沈立又的《海棠记序》中更是将蜀中海棠与牡丹并列："蜀花称美者，有海棠焉。与牡丹抗衡，而又独步于西川矣。"宋代诗人陆游对成都海棠赞道："碧鸡海棠天下绝，枝枝似染猩红血。"陆游写有40余首海棠诗，皆为在成都所作，故放翁又有"海棠癫"之称。

后蜀时，花蕊夫人最爱牡丹花和红栀子花，于是，孟昶命官民人家大量种植牡丹，并说：洛阳牡丹甲天下，今后必使成都牡丹甲洛阳。不惜派人前往各地选购优良品种，在宫中开辟"牡丹苑"，孟昶除与花蕊夫人日夜盘桓花下之外，更召集群臣，开筵大赏牡丹。

成都花市不断，恰好说明成都人对花木的喜爱程度之高。戴文鼎

《青羊宫花会》记民国成都花会说："因为李老君是二月十五日诞辰，故唐宋以来，成都人民就把花朝日和李老君生日、青羊宫的花会和庙会有机地结合起来了。"刘师亮在一首竹枝词里说："通惠门"前"十二桥"，游人如鲫送春潮。与郎走过桥头去，笑指仙都路不遥。

清末在成都教书的日本学者山川早水，在《巴蜀》一书记录了当时的成都花市盛况："走入二仙庵内，上百个盆景店布满了广场。产于蜀土的奇草珍木，大部分都集中在这里。"盆景区一旁的是鸟区，笼里笼外有着各种各样的小鸟，"叽叽喳喳的叫声随着春风飘荡"。

李劼人在长篇小说《死水微澜》里描述过花会的情况："这一天，青羊宫的香火很旺盛。成都人不称赶庙会，只简单地称为赶青羊宫，也是从这一天开始，一直要闹到三月初十晚上。""四方的人，自然要不远百里而来，买他们要用的东西。城里的人，更喜欢来……他们来此的心情只在篾棚之下，吃茶喝酒，赏春游宴罢了。"

从1980年起，成都市政府决定将花会场地定在与青羊宫一墙之隔的"文化公园"。花会期间除传统内容外，又增加了鸟市、书市、书画艺术展销等内容。按照惯例，花会期间，一直是游乐的好地方，尝尝小吃，看看花，成为成都春日最自在的地方。

2022年1月，"成都十二月市博物馆"在锦江河畔的东门码头开馆。"十二月市"在成都再现生机，而花市依然是不可或缺的一环，这就是成都人注重环境、生态的理由。但有时喜爱一朵花，喜爱一棵树，是不需要那么多的理由的。

## 三

成都作为生态之城，是有着悠久的历史。得都江堰水利的滋润，成都平原物产丰饶，生态达到平衡，各种生物在这一区域和谐共生。尤其是在植物领域，多样性得到很好地体现：不管是在绿道边，还是在公园里，都可瞧见郁郁葱葱的花木，故在成都研究花木的人极多，在微信朋友圈看见最多的恐怕就是各种花木的图片。

民国的抗战时期，文化老人叶圣陶居住在成都多年，他在《谈成都的树木》写道："少城一带的树木真繁茂，说得过分些，几乎是房子藏在树丛里，不是树木栽在各家的院子里。山茶，玉兰，碧桃，海棠，各种的花显出各种的光彩，成片成片深绿和浅绿的树叶子组合成锦绣。少陵诗道：'东望少城花满烟，百花高楼更可怜'，少陵当时所见与现在差不多吧。"

这样的城市风貌，在北方城市当中是很少见的。恐怕这场景也会让叶圣陶想起江南水乡姑苏，那也是一座美丽的城市。正如同苏州文化名流王稼句先生所说的"三生花草梦苏州"，稼句先生的家在南门的护城河边，这里闹中取静，推开窗，树木葱葱，碧波粼粼，鸟鸣声声。这场景似诗如梦，宛如一幅无尽的清丽的长卷。

这，总让我想起川西坝子上，乡村里随处可见的竹林盘，那真是一道道别致的乡土风景。我去看过成都周边的不少竹林盘，在那竹林与房舍间闲逛，期望从中洞悉到成都人的乡村生活哲学。这竹林盘的"竹"，不只是苏东坡所说的"宁可食无肉，不可居无竹"，而是掩映在竹林里的村舍，朴素、和谐，院落里养着寻常可见的花儿，这构成了一幅和美的乡村图景。

在成华区的二仙桥街道，有个地名就叫长林盘社区，其来源就是那里曾经有个扁长的林盘，是成都东郊的风景。在《圣灯寺》一书里有这样的介绍："在这林盘之中，居住着几户人家，林盘外面即成片的庄稼。

往东可看见成片的丘陵，那是成都的东山。此地处于城郊，村民以务农为生。"

今天，行脚在这块土地上，且看道路宽阔，随处可见的是高楼大厦，找寻不见昔日林盘的踪迹。但这个老地名却在提醒我们，这里曾经有着怎样的居住环境。然而，不管是过去的林盘，还是今天的社区，都呈现出了这一方水土的风貌：在自然的状态中，人们的生活过得是舒心的，这从侧面说明了生态对生活的重要影响。

近年来，成都也在着力保护、修复特色林盘。从20世纪90年代开始，刘卫兵就开始参与这些工作，有人称他为"守护川西林盘的第一人"。在他看来，川西林盘是成都建设公园城市的特色，也是公园城市生态文化的本底。文化是由内而外释放的，川西林盘几百年沉淀下来的历史文化，单凭单纯的人造景观，无法展现。"应该更全面系统地恢复和提升林盘聚落的生态功能。"

追寻着这林盘，可走进成都历史文化的深处，亦可看出成都自然的变迁，历经千百年的沉淀，已成为天府文化的一部分。

## 四

在我家小区边上，即天府艺术公园。在金牛坝、华严路的公园入口处，皆可看见一簇簇竹子，这竹子长得还不够茂盛，也还是渐渐成长起来。但看着这些竹子，不免让人想起传统的竹林盘来。

时常有朋友看到我就笑说："这个公园是为你家所修的。"这当然是夸张的说法。不过，每日在公园里散步，倒是成为一种日常。湖畔的植物、美术馆旁的花草，图书馆边上的绿植，林林总总，居然有数十种之多。平时我对此也没多少关注（似乎现代人的通病，总是忽略身边的美好）。

直到有一天，我看见作家曾颖在公园里拍摄小视频，这才留意这日常的风景。尤其是坐在图书馆的楼上，或者坐在新山书屋，看看窗外，蓝天白云、草木葳蕤、波光粼粼，竟然是那么的美好。确实，有时我们需要"他者"的视角，才能确认自己身处何处。

秋天之时，这些植物、花草都被标注了名称：合欢花、薰衣草、百子莲、银叶菊、灯芯草、三色千年木、鼠尾草、兰花丹、木贼、迷迭香……这些植物构成了公园景观。很显然，悠游其间，也就让生活多了艺术范儿。有意思的是，公园也成了自然教育的一部分。

周末的早上，我会沿着华严路溜达。在河畔，看见一树树的芙蓉花开，数量不太多，也不如锦江畔的繁盛，却自有风姿。这就像诗人所说的那样："水边的芙蓉盛开，是一种修辞，日常中蕴藏着魅力，细微、亮丽，有风吹过，花香袭来，不甚浓烈，却有着在地的芬芳。"

来到公园的另一侧，易园博物馆的旁边，即盆景博物馆。这里展示的当然是川派盆景，有上百种风格各异的盆景在这里亮相，天气晴好，有不少人来此拍照、打卡。让我想起了从金牛区前进村走出的盆景大师陈思甫，他不仅擅长制作盆景，也在积极地传播成都花木文化。其制作的盆景多有典范之作。如代表作《亭亭玉立》，从1960年代开始蟠扎，直到1990年代才成型，前后耗费了30年时光。这种匠人精神，也是成都人在花木领域的探索。

在天府艺术公园未修建之前，我也拍下了一些当时的跃进村的照片，那是城中村的形象。今天的公园与之相比，已是天壤之别。这不只是环境的改变，就连植物的生态也丰富了许多。这是出乎我的意料的。那以后，在公园行脚之时，也就会留意公园植物的点滴变化，这未必会写一部像《瓦尔登湖》式的作品出来，但那份愉悦心情，这也是无可替代的。

林盘可大，容纳聚族而居的人家；林盘可小，两三户人家亦好。这种大大小小的林盘，皆因地势、方位所存在，可看作邻里关系的表达，这同时也承载着浓郁的乡村文化。

成都，既是公园城市，也是一个巨大且颇具情调，甚至可称之为"成都味"的竹林盘。在这里又可细分成众多的小林盘，走进这花木的深处，就如同世园会的"公园城市 幸福成都"的表达，让人着迷的是，这种看似微小的幸福，不经意间就在生活里呈现出来。

2023年12月20日

　　有很长一段时间，春水哥一见面就说崇州的好：这也好，那也好。总之，在这里，你会发现崇州最具特色的地方。这话我相信，现在的城市与乡村都已经发生了很大的改变。"有时间，我们还是一起去走走，你不是行脚成都吗？崇州可得多去一下。"

　　于是，选择一个晴好的日子，跟春水哥一起来到崇州，沿路的乡村美景，让人看不够。这多少有些出乎我的意料。以前，走进乡村，极难看见田野与庄稼，现在却时常相遇到，确实让人惊喜。

## 街子古镇上的华阳国志馆

　　街子古镇去过许多次。尺八演奏家陈大华有弟子在这里开有客栈，可我还没去看过。春水哥带我看的是华阳国志馆。这让我感兴趣，要知道常璩不只是方志鼻祖，也是崇州人。想不到这里就是陈老师弟子邓宇管的方志馆，于是进去一探究竟。果然，这里呈现的文化氛围，让我感到很惊奇。本土文化名人的故事在这里得以传承。

　　邓宇告诉我说，现在的味江景区也在打造沉浸式体验，国庆假期的时候，夜市开通，每天都有许多人来这里体验宋代文化。于是，我们也趁机体验了一盘。换上宋代服饰，走进去就感受到宋时的风景。这里且取名"蜀州梦华录"，让人想起那一部《东京梦华录》来。

古镇做到这样，就跟时下的许多古镇拉开了距离。春水哥告诉我说，在崇州图书馆，还有一个常璩方志馆，收藏了许多地方志书。只是暂时还没有对外开放。下次也可以单独去寻访，体验崇州文化之美。

## 竹艺村的三径书院

这里的竹艺村，我来过一次。春水哥说，你走马观花看一下，就可能觉得不错。确实，那次我用手机拍了许多的照片，但因为时间关系，匆匆走过，并没有细致地去观察。

这一次，则是在竹艺村漫游，自然留下的印象更为深刻。早就知道诗人马嘶在这里开有一家名为"三径书院"的地方。当时，我就觉得把书院开在这么远的地方，恐怕做不了几年就歇业了。但一晃过去了好几年，这里依然是人来人往，诗人、艺术家常常在这里做活动，已成为竹艺村最具特色的文化地标。

我们在书院门口逗留，打望一下，希望与诗人相遇。遗憾的是，并没有看见诗人的身影。虽然我们家与马嘶家距离不是很远，也有两三年没有见面了。有好几次，他约到书院来看看，却都因时间不凑巧而错过参观的机遇。

既然没有遇到诗人，也就没有做太多的逗留，以免过多的打扰。我们继续在村子里漫游，一路上，春水哥介绍村庄的情况，倒也让我对竹艺村有不少的了解。或许我们在做乡村振兴时，抓住村庄的特色才能找准方向，让村庄变得更美好。从这里，我看到了这种可能性。

# 五星村的民居

我们穿过桤木河湿地公园，就来到了五星村。这是一个新建设的村落，房舍有的是徽派风格，让我这个来自安徽的人看上去很亲切。错落有致的建筑，民居、食肆，分布在村子里的不同的角落。春水哥约了几位崇州的朋友在这里吃茶、闲聊。

这时候，我一个人出来溜达，拍下照片，期望发现更多的乡村之美。五星村也是崇州打造的乡村的典范，从村落的形态看，倒也是兼具川西风味，不远处还有大片的田野，看上去很亲切。我以前来过五星村，但也是匆匆路过。那一次采风活动，安排的项目太多，许多地方都是打一下卡就离开了。至于各个地方的特色，还真没细看，好在这次补上了一课。

春水哥对五星村也很熟悉，午餐之前，还专门约了村书记跟我介绍了下村子的情况。这让我对五星村的印象更为深刻。在今天，乡村不仅有美丽的风景，也要有良好的生态系统，让村庄可持续发展，这才让乡村变得更美丽。从五星村，我找到了些许答案。

# 竹林盘的院落

我们在崇州漫游之时，时常可以看到这一片竹子，那一片竹子。不用说，这就是成都平原上最常见的竹林盘。成都近年来着力恢复具有地方特色的竹林盘，在崇州就有多处。在我的故乡，虽然村落不少，但像这样的竹林盘，却很少见。

在路上，我们随意停下来，打量竹林盘，以及那里居住的人家。这样的居住场所，常常是各有魅力。即便是没有文化价值的竹林盘，却也有社会价值。这样说，是因为竹影掩映之中，给人一种独特的乡村生活美感。春水哥说："小时候，这样的林盘还要多，那时候就觉得这样的地方好玩。现在来看，这些林盘启蒙了我对美学的认识。"

我还记得诗人许岚说："川西的林盘，承载着人们的乡愁。"但现在恢复林盘，并不只是栽一些竹子就完事，而是在努力恢复农耕文明中的文化基因。我想，如果在这样的环境中生活，倒也是一种美学体验。

## 黑石河畔的火锅

春水哥是美食家，在他看来，崇州最具特色的地方，除了美景美酒之外，就是美食了。于是，他就约到黑石河畔吃火锅。想不到在公园里可以吃火锅。以前我曾在大邑新场古镇的田野中吃过火锅，感觉很好。这次坐在河边就可以吃火锅了，似乎又有了新意境。

"这里的团鱼火锅，是最大的特色。"他这样介绍说。我当然知道崇州的美食文化很丰富。曾经，我得到过一册介绍崇州美食的书，让我对这里的美食刮目相看。

这黑石河，历史上又叫碓石河、皂江，因其河中卵石大多为黑色而得名，又传为道教仙人张道陵画符救人染黑河中石头所致。我在网上看到介绍说，黑石河公园被誉为城东风光走廊的黑石河公园，临河而建，是崇州倾力打造的产业型生态公园，更是崇州城乡融合示范片区的典范之作。因此，在这里也就是别样的体验了。

"你看，崇州就这样，看似不经意，却发生了许多的变化。"春水哥说，"如果我们再多逛一两天，你的收获还要大。"

我点点头："若是再逛下去，我都想长期在崇州住下来了。"

这崇州，美景缤纷如画。难怪有不少人动不动就往崇州跑。看来，我也得多来行脚，发现崇州人的美好生活。

## 竹艺村

崇州是个农业大市，在这里既有独特的川西林盘，亦可看到成片成片的庄稼。对于喜好自然的我来说，看着这样的风景，格外欣喜。

和朋友约好去道明镇，沿途是绿色的田园，这里是竹编的故乡。其实，川西平原上盛产竹子，竹编技艺在不少地方流行。但这里随处可见的竹子，不由得让人想起魏晋时代的竹林七贤来。现在这样的故事只是传说了。这里有个村庄，名为竹艺村，顾名思义，是以竹编过活的村庄了。村子不太大，却以竹艺闻名，这在全国也是少见的。

我们在村庄里随意走走，就见着不少在进行编织的农人们，一根细长的竹片就可以变成一件件有趣的艺术品，若没有灵巧的技艺，恐难以做到的吧。这里的竹编大多为农具，或者为日常用品。也正因使用频繁，在进行竹编的过程中，才会有关于竹编的智慧流传下来吧。

有意思的是，在这里遇到一个叫竹里的地方，此处为独栋的建筑，居然耗资上千万，这是使用无数的竹片编织而成的空间，无论是走廊还是房间，各有味道，可谓集中展现了竹编的高超技艺。也正因如此，不少爱好竹编的中外朋友都会慕名前来探访。我和朋友在这里参观、品茗，倒也切实地体验了一回休闲生活。

道明镇的竹编如今是崇州乡村经济的一大特色。虽然不少手工艺呈现没落的状况，在这里似乎不存在这样的问题。乡村的未来就在于能够看得见，青山绿水原本是生活的常态，在这里亦是如此。

## 五星闲居

崇州市白头镇的名字来源，不知是否和白头偕老是否有关系。这里有个村落叫五星村，村里的建筑颇像都市里的别墅，每户人家的房前屋后各有一块空地，栽种着蔬菜，亦或果树，看上去很有诗意。

我们走进村庄，随意地走进一户人家，进入院落时就看见一个小亭子，里面围坐着几个人，闲闲地说着家常，其外侧就是一小块蔬菜田，栽种着土豆、包菜等等，很有生机。而另一户人家将其居所命名为"兰亭叙"，在这里相遇这三个字，就让人觉得村庄里多了文化氛围。唯一让人觉得遗憾的是，书法太丑，大有暴殄天物之感。

再过去的一户人家，有点像都市里的水吧，可以发呆可以阅读可以下午茶，在院坝里有几张躺椅，极目远眺，就是成片的庄稼，油菜即将成熟的季节，满眼的翠色。乡村生活，如此这般，倒也有现代乡村图景的意思了。

在村庄里闲逛，这里居住的人家并不太多。早些年他们分布在不同的居所里，后来的新农村建设，让这些人家聚集在一起，于是就有了现在的村庄场景。来这里参观的人不少，想来是"闲居"二字所吸引来的吧。

五星闲居，当然突出的是闲居。大概到了农忙时节，五星村又是一番景象了。五星村与我的故乡有点相像，但我们那里房舍看上去更为混搭一些，与此相比，更有错落之感。但也少了这样建筑整齐划一的美感。不过，在乡村能得以闲居，也是不大容易的事。毕竟闲居并不是无所事事，而是在这里让精神得以升华。

## 桤木河湿地

湿地公园近几年越来越受到地方上的重视，这也是观察一地的环境生态的最好方式。也许正因这个缘故，湿地公园也就广泛地开发了出来，它们不仅可供游玩也可散步。

在崇州市有一个湿地公园叫桤木河，公园颇大，虽无浅丘，却因水资源的丰富，形成不同的景观。作家杨虎带我到这里闲步，一片湖面，边上是芦苇，更远处则是这样那样的树木，看上去有些许意境。不过，湿地里的小道蜿蜒曲折，倒也别致，有一段贴着湖滨，而有一段又远离了。窃以为湿地就应该是保持这样的疏离感，自然与人文通过这样的调整，自有一番趣味的。

漫步在湿地公园，看见来往的行人，以及骑着单车的孩子，虽然人数稀疏，倒是让喜欢自然的人可以闲观。湖滨并没有进行相应的修整，有几分野趣。如果在都市里，像这样的湖岸也是修整得整齐划一，似乎只有这样的雕琢才能显示出城市味。岂知这样一来，就让其失去了天然。

印象中，在这里并没有看到桤木，想来此地原本就叫桤木河的缘故吧。偶尔有鸟雀从草丛中惊起，掠过天空。杨虎说，这里也是观鸟的最佳地方。可以想象这里的生态是何等的优良，才使鸟雀驻足的可能。

来这里游走的人大部分是附近的居民。"居游"最近几年很流行，在岁月中体味旅行，也就别具深意。那么，在这里居住、体味湿地，也许就更加具有个性和美妙。

诚然，在桤木河湿地，时间沉淀下来，也就生发出不同的桤木河故事了。

在岷江一
村，饮江
盏桂花酿

## 雅集

从都江堰的走江闸逶迤而下，顺金马河流向东南，这里有一条河，名曰江安河，此河长不到一百公里，一路流来，亦有几分气势。在其不远处，有温江最为独特的河流——金马河。寿安镇走出来的小说家邹廷清干脆以此为题，写了一部《金马河》来。

金马河与江安河虽同样流经寿安镇，却只有江安河流过岷江村。那天下午，在都江堰参加一个文学活动，随后几位文朋诗友沿着河流而下，先去看一看金马河，在原野上有着宽阔的河床，因是枯水期，故看不见其浩浩荡荡的样子。继而再打量江安河，自有一番姿态，穿过原野，掩映在竹林盘当中，大有"乱花渐欲迷人眼"之感。这里的岷江村，当时也就觉得这不过一寻常村落而已，也并没有更多地留意。

众人看罢河流，寻一溪流边的露天茶铺，就摆起了龙门阵。说起寿安的风土人情，邹廷清最有发言权。前《鱼凫》诗刊主编游复民即寿安人士，留下了两部诗集《拒绝向青春告别》《敬重好钢》，可惜他英年早逝，要不也会为寿安，甚至岷江村留下更多的诗行吧。

上茶，茶乃桂花茶。成都人喜吃花茶，然这多半是"三花"，此花

025

乃茉莉花茶，却甚少以桂花入茶。盖桂花香味过于浓郁，以此入茶，若技巧掌握不甚得当，恐失茶味矣。

在成都平时吃茶虽然略显胡乱，遇见什么样的茶皆相宜，是如此才能细细品味不同的茶之味。然我却不喜这样那样的花茶，盖不管与怎样的花儿相配，茶味一旦丢失，则只剩下这样那样的香味。故在茶铺吃茶，还是以素茶为妙。邹廷清说，这个桂花茶可是我们这儿的特产，那就破例尝一下，也许可入《慢喫茶》书里。亦想起苏州才子车前子的话来：江南人，尤其是苏州城里人，是不吃花茶的，如说某人不解吃茶的趣味，或茶品低下，就会很不屑地嘀咕一下："吃花茶的。"

小说家杨虎正在写作一本《西蜀寻隐》的书，川西坝子的几处名山如鹤鸣山、青城山，皆有隐士在此隐居，写这些隐士的故事，比之终南山的隐士也许更为好玩一点儿。诗人凌昆自然把话题引入诗歌，不过，温江的诗歌氛围还有待提升，仅仅有诗意生活是不够的。小小说大家李永康则以短章书写地方文化之精华，故聊天也就多了人文气。即便是摆龙门阵也与街头的寻常龙门阵有差异。

吃茶闲话，看似悠闲，实则每个人都从这香中感受到些许焦虑，"一叶一菩提，一花一世界。"我们几个人怎可免俗？话题亦有俗气的一面。

天色渐晚。邹廷清说："既然大家来到我们这儿了，就不妨小酌一下。"此提议得到大家的赞同，然后就在街市上寻觅一家小饭馆，闹哄哄的，颇像传说中火爆的"苍蝇馆子"。众人坐定，一一点菜，先要一份油酥花生米。这里有几位美食家，故要品尝当地的特色菜肴，"这才不枉一聚"。

菜一一上来，既然"小酌"，不可无酒。"我们这里有白酒有啤酒，看你们要哪一种？""还是吃当地酒好了。"自古温江虽不像郫筒和邛崃那样出产好酒，也有一二白酒的吧。邹廷清说："有没有桂花酿？"

还有一种酒叫桂花酿？我有点诧异。虽然也曾吃过梅子酒、枸杞酒等不同的泡酒，还是第一次听说有桂花酿。是以桂花酿造的果酒吗？还是泡酒？不得而知。也不去管它，反正就一盏酒而已。

果然，酒呈上来，晶莹剔透，试一下，与平常所吃的酒有些相似。大家品酒闲话，自在快活。正所谓"酒逢知己千杯少"。一份万春烧卤，独具魅力，一份来凤鱼，足以笑傲温江食林。大家吃酒，少不得说来说去，严谨的李永康说："大家聊天好，但也不能太离谱了哦。"

大家呵呵一笑，继续吃酒。夜已深，永康因没有吃酒遂驾车送大家到地铁站，一一握手告别。这样似乎才是完美的旅程。

不知怎的，我忽然想起李洱在《应物兄》里说的那句话：喝茶的人喜欢谈过去，喝酒的人喜欢谈未来，喝咖啡的人只谈现在。那么，我们这一群又属于哪一种类型？

## 苏州酿

偶然认识顾鸿乔先生，其舅父乃四川大学外语系教授朱寄尧先生，我淘过一册《两松庵杂记》，即朱先生自印的一部笔记体作品，想不到外语教授于传统文化也多有研究。此外，他还和王淡芳教授出版过一册《四川近百年诗话》，因无出版经费，卖掉旧藏此书才得以出版。这样的故事才是成都学人风范。这之后，在鸿乔先生介绍下，得识其兄长顾念先先生。念先先生长于文史，也熟知成都文林掌故，如此交往就多了起来。

在顾家兄妹的身上，可感受到迥然于成都人不同的气质。高贵、儒雅，这样的词语真是恰如其分。后来，我才渐渐知道顾家祖籍为苏州。说起苏州，总让我想起苏州作家陆文夫笔下的《美食家》，那种精致生活如同苏州园林一般，回廊曲折，别有洞天，让人百看不厌。

我去过苏州，拜访当地的文朋诗友，游走在古旧街巷里，感受姑苏文化的魅力。我还记得，曾跟随朋友拜访顾笃璜先生，他是藏书楼"过云楼"的传人，彼时一批过云楼藏书拍卖数亿元，真是风靡一时。有意思的是，他们皆顾野王之后人。

顾先生一家从苏州移居成都已数代，却依然与苏州亲友保有往来。偶然约着几位朋友小聚，所饮之酒乃苏式桂花酿，自然与成都的泡酒无关，酒精度数不高，却让人多少有迷醉之感。这让人想起苏州女子的水灵与润透。一如昆曲《牡丹亭》般让人回味无穷："原来姹紫嫣红开遍，似这般都付与断井颓垣，良辰美景奈何天，便赏心乐事谁家院。朝飞暮卷，云霞翠轩，雨丝风片，烟波画船，锦屏人忒看的这韶光贱。"

我不记得苏州王稼句先生是否在《物产录》或《姑苏食话》的书里是否写过苏州酿这种美酒。每年在全国民间读书年会上，总要与稼句先生吃上几回酒（彼此对酒的热爱，着实是一段酒缘），似乎也极少有苏州酿在场。这或许可理解为，苏州酿太过风雅，像我这样胡吃海喝的俗人，难得懂得苏州酿的美好吧。

不管怎样，由于顾先生的邀约，几个人品着小酒，这让我对苏州酿多了一些了解，也算不上完全了解。虽然酒的类别不是那么多，但每一种酒却因酿造的方式、水质等等存在差异，也就演绎出了不同风味的酒来。

我记得车前子写了在苏州的不同场所饮茶的事，如"茶是绿茶，如果橄榄下在碧螺春茶里，滋味更好，盈盈，隐隐，气息影青。"却极少看到他谈酒的文章（他说：江南人把吃茶，看作很重要的日常生活。饮食文化的"饮"，如果光有酒没有茶的话，是很空洞的。），这大约跟苏州的气息有关吧。

我又想起了深圳姚峥华的一篇文章写作家李长声："与李长声多次饭聚，每每见之，桌上或红酒或白酒或啤酒，他银发、眼镜、西装，大哥模样，一派温良恭俭让，东瀛古风尽显。酒过三巡，酒态更是优雅，笑容可掬，不温不火，声调慢慢的，话说得闲闲的。哪怕谈酒，也信手拈来，一套套……"这样的精致，也是与苏州酿相似，让人生发出许多想象来。

## 东坡酒

我去过几次眉山的三苏祠。我以为，三苏祠最为迷人的并非建筑或掌故，而是那一棵棵桂花树。

这里的桂花品种主要以丹桂、金桂、银桂为主，其他辅有少量的月桂，也有比较稀有的金苏桂。想象着几百株桂花在金秋时节盛开，这样的场景，也是独特的风景了，甚至让人想起唐诗宋词里的词句来。

有一位作家这样写三苏祠的桂花：走到桂花树下，一阵秋风吹来，树上的桂花都纷纷飘落，香气扑鼻。回头望去，那点点金黄隐藏在翠绿间，仿佛是镶嵌在翡翠上的碎金，煞是好看。谁承想，就是这星星点点，看着并不起眼的小花，竟然会有那么浓郁但又让人喜爱的芬芳，仿佛一个清新朴素的美女，其貌不扬，却心藏锦绣。这样不张扬的美好，格外难得。

说起桂花，自然想起苏东坡也爱酒，虽然其酒量普普通通，却喜自酿酒，最拿手的蜂蜜酒和桂花酒。据说，他还写过一册《东坡酒经》。

这不免让人想起东坡的诗句来："赏花归去马如飞，酒力微醒时已暮。"有人将这个称为"赏酒"诗，似乎也说得过去。

那天下午，路过三苏祠，刚巧看见一群诗人在做什么品赏活动。在熙熙攘攘的人群中，我意外地发现了一个熟悉的身影——诗人许岚。自从多年前在成都一别之后，他就消失在诗歌海洋里，从此再无消息。我知道，诗人都是神出鬼没的家伙。我没有去打一声招呼，反正无所事事，还是先看看诗人们的故事演绎。

活动算不上精彩。等接近尾声，我才走过去联络一下感情。还好，许岚记得我。于是，说起三苏祠的种种事来，这也是我最感兴趣的地方。现在的他已是这里的驻馆诗人，这也可理解为三苏的传人吧。

既然来到这东坡故里，似乎总要尝一尝东坡菜、品一品东坡酒才够好。许岚一点没变，依然热情好客："你来了，就得尝尝我们这边的特产。"是啥样的特产，我还真不大清楚。既然在这里撞见，就说明与三苏祠有缘。索性听许岚的安排就是。

在一家小饭馆，许岚特意约了两位当地的诗人过来，把酒言欢。上酒，是许老师带来的一瓶白酒，看上去其貌不扬。酒色淡黄、晶莹，这是"东坡酒"？我问他。"是的，通俗地说，是桂花酒。"于是，品酒。我想起曾担任四川学政使的何绍基，在主试眉州考试时，曾留下诗句："瞻像且读碑，看竹还听水，主人能好事，酒行诗阵起。"这说的不正是此刻吗？酒有些多了，人也有几分醉意。许岚说，来了三苏祠，当然离不开诗歌，在手机上，他随意找出了一首《那棵揪心得要命的千年丹桂》来，随后就开始了不太标准的"川普"朗诵：

她的衣裳是深的，重的

重得遍身生长千年前的太阳

重得我不得不交出

全部的轻


她的香。从三苏祠的枝头滴下来

每一滴，都揪心得要命

我不得不交出全部的

君子之交


她的心，渗出一滴滴血

像三苏祠，胸口的美人痣

在苏家老宅的灯芯之上

写诗，填词

读一行，时光微醺

翻一页，就是一天阳光的海

一夜星光的河

岁月温存，像老窖


她们是秋天脸颊的泪珠、流星雨

她们不落，秋天也不落


两位诗人也要朗诵诗歌。可惜我没有记住，酒后朗诵诗多少给人娱乐的成分。至于诗里所表达出的情感，多少有几分酒意。故也只能随意听一听而已。倘若此刻有谁当得了真，准是闹得不欢而散。好在，以诗下酒，也就无所谓有更多的追求。

诗人朗诵诗的时候，我还在想着何绍基拜访三苏祠的事。不知那时是不是也有桂花酒，是不是也有这样的快意诗生活。

如今的桂花酒是不是传自苏东坡，或古法酿造，已不得而知了。但想一想能品一品东坡酒，也似乎就接近了他所说的诗意。

## 在岷江村

那天上午，坐上一辆穿越在乡村公路上的车子，看看沿途的乡村风物，也有趣味。要知道在城里生活，每天看见相似的街巷、高楼大厦，人与人的面容好像都有几分相像，走在这样的乡野，却可感受自然之味。然后，在马路之右侧，看见了村庄的标志：岷江村。

天气正热。再拐上小道，继续前行。我看了手机导航，这里距离陈家桅杆也不算远。我不知岷江村有何来历，竟然有那么多文化人爱往这里跑。路之两侧或为建筑，或为庄稼，不一而足。这是川西坝子最日常的场景，在成都的三环路外面已经难以看到这样成片的庄稼了。不过，这次来，是冲着桂花而来。

远远近近，看见一丛丛桂花树。桂花还没到开放的季节，故花香也就只能想象一回了。在水塘环绕的后面即九方宿墅（因有九个创意作坊构成），一群人在探讨"桂花经济"。现在的乡村振兴的话题热门，但一说起来就是经济话题，似乎只有这一种"振兴"。我翻阅着一个名为《岷江村民风民俗》的小册子。这是关于岷江村的简单读本，看这个册子大致就了解了岷江村的过往和故事。

岷江村，自然与那条名动巴蜀的岷江无关，这里只有一条江安河，却孕育着两千多亩的桂花树，这些桂花树让岷江村成为专业的"桂花村"。当秋天来临，桂花盛开时，岷江村花香四溢，让人着实有几分羡慕的份。

中午，一群朋友在这里就餐。一条长桌案，就像乡间的长长的宴席，几样菜蔬也甚为可口，尤其是一道蹄花，据说是寿安的特色饮食，而来凤鱼更是远近闻名。那么，有美食，自然少不了美酒。

呈上来的酒是在一瓷瓶之内，瓶呈淡绿，颇有色诱之感。这自然是村里的特产——桂花酒了。说实话，平时品尝过的酒类数量也不算少，但桂花酒也还是显得与众不同。初试一下，才发现与苏州酿不同，有着淡淡的桂花香，味亦有几分厚重，也许是桂花泡制的酒，故这酒精度数略高。像这样的酒已经很少吃了。

不过，让人觉得最为遗憾的是，杨虎这次居然"戒酒"了。要不，一定来个"一醉方休"。这让我怀念上一次尝桂花酿的事来。

大家互相敬起酒来，我却爱一个人独酌，如此才深得酒味的吧。要知道，虽然有的酒适宜分享，倘若一桌十多个人，看上去吃酒热闹，也就难以品尝出酒的真谛了。品过几杯桂花酒之后，也就作罢。到底是炎热的天气，这是不太适宜吃这桂花酿的。

在我的印象里，桂花酿最是适宜三五好友小酌，缓缓饮酒、聊天，不经意间吃酒，人太多就少了一份格调。倘若在火锅店大口吞酒，固然快意，却失去了一种雅致。这才是最让人意外的。正如酒人所言：酒的差异，正适合不同的人酌酒。这就如同我们在行旅的路上，总需缓缓走过，才能打量更多的风景。

饭罢，和朋友即在村庄里随意地闲逛，看看稻田、玉米，以及远远近近、高高低低的桂花树（且将桂花树制成盆景，在我的印象中，这桂花盆景也很少见），倒也有漫游之感。

## 古法之酿

说起桂花酒来，不能不提到此酒不同的酿造方式，这造就了千姿百态的桂花酒。而这不妨视为桂花在酒文化的延伸了。通常，视酒精度的高低、制作方式亦可划分不同的流派：花样繁多的桂花酒，正是适宜在不同的环境品尝，由此催生的文化就更耐人寻味了。

王稼句先生在《姑苏食话》里说，明中叶以后，苏州最著名的酒，大概就是三白酒（取米白、水白、曲白）。此酒"其味清而冽"，颇为爽口，"且可制成花酒，浸以梅花瓣或桂花瓣，使之别饶风味。"如今的桂花酿则沿袭这种风格了。桂花酒的古法酿造看似简单，却也有意思。桂花阴干以后加入白糖，放入酒缸内任其发酵两三天之后，加入三十五度以上的白酒，亦可根据口味加入桂圆肉、白参、红枣等，窖藏一年即可，五年最妙。这里的白酒以米酒或高粱酒为佳，而其他酒类则影响口感。虽然桂花的种类多多，但还是以金桂为宜，因其味最芬芳的缘故。

这里不妨说一说成都的酿酒史。从秦汉开始，成都平原因了都江堰的灌溉，物产丰富，酿酒也就逐渐成了一种手工业，且在不同的时代酿出了不同的名酒。成都旧时有十二月市之说，八月即桂市，卖桂花、买桂花、赏桂花、吟桂花成为一时盛观。说起桂花酒，也是有特别的寓意。古人认为桂为百药之长，所以用桂花酿制的酒能达到"饮之寿千岁"的功效。屈原在《九歌》中热情讴歌："援北斗兮酌桂浆，辛夷车兮结桂旗"。"桂浆"美酒美不胜收，摘下九天北斗以盛之；"桂旗"芳华魅不可挡，插于辛夷车上以炫之。在汉代，桂花酒成为人们用来敬神祭祖的佳品。祭祀完毕，晚辈向长辈敬用桂花酒，长辈们喝下之后则象征了会延年益寿。到清末宣统年间，成都小酒馆有496家之多，遍布城乡。"酒则各邑各乡,几乎家家皆能烤酿,真是一种最普遍之农民副业"(周询《蜀海丛谈》)。而桂花酒只是众多酒类当中的一种。

岷江村的桂花酒呢?并非以米酒为料,而是采用高度的白酒融合而成,故有些烈性。

那天,冒着滚滚的热浪,走进生态大道侧的喻庙社区,访问"西南桂花王",才知其生产基地就在岷江村里。通常,在成都周边以"王"命名的花木,多半是指年龄较长的花木,岂料在寿安镇却是一家企业,颇让人觉得有些意外。

起初,我以为在这里可看到酿酒作坊,至少可看看现场吧。祝鸣川却告诉我说:"我们的桂花酒,现在年产量只有一千斤。"这样的产量也让人觉得意外。我想起前不久吃过的桂花酒,原来就是这里生产的。

岷江村的桂花酒是采用传统的泡酒方式制作,而白酒选取的则是温江的一处老窖所产,故而这里的桂花酒的度数有些高。看来,这与眉山的东坡酒相近,而与苏州酿有差异。

也许再晚到中秋时间,等到桂花盛开,邀约三五好友,坐在桂花树下,品茶着桂花酒,倒也是别致的享受。这让我想起从前的文人雅士在中秋这一天,举行雅集,品尝着桂花酒,也真是风雅。可惜像我这种俗人,哪里懂得什么风雅,即便是有桂花酒,也只是向往的份了。

这桂花酒,称之为"桂花酿"也更恰当一些。要知道这种酒虽然与烧房出品的酒有些渊源,到底是有一些差别,而"酿"则更能看出一种手作的温度,这何尝不是一种升华酒的方式呢?

在岷江村,饮一盏桂花酿,也许会成为成都人的生活方式吧。

天府南来第一州，邛崃也在谋划新的发展机遇。

当我走过龙门山下的许多风景时，却意外地在临济镇逗留下来。龙门山生物多样性博览园选址在此，构建成一个独特的山地博览园，这样的场景让人确实让人期待。

关于临济镇，我看到这样的信息：民国时，因逃避繁重捐税，几个绅士筹资迁此建场，取"同舟共济"之意得名。1949年为临济乡，1961年为临济公社，1981年改乡，1995年置镇。盛产竹木、柑橘、李。通公路。也就是说临济镇的历史也有独特之处。这里今天也正在发生巨变。

未来，临济不只是邛崃的缩影，应该也是川西小镇的写照，更有着其独特的地域元素。当我们走在这片土地上，所见所闻都必将成为历史的一部分，但它们却正如作家陈瑞生说的那样：诠释昨天，是为了珍惜今朝，憧憬未来。

## 龙门山与公园

这几年，成都在公园建设方面取得了一些可喜的成绩。但就公园的多样性而言，也还是有潜力可以挖掘。比如山地公园方面，相对就少了许多。我在厦门这个"公园城市"游逛时，就发现在公园的建设方面，除了因地制宜建造公园之外，还着意公园主题的差异化与丰富性。这给我以启示，公园的存在价值也是如此，能带给当地居民不同的公园体验。

成都城市发展战略的"东进"，让成都的城市格局由原来的"两山夹一城"转变为"一山连两翼"，龙泉山担任了重要的城市发展角色。龙门山和龙泉山，位于成都西东，却给成都带来了新的想象空间。

确实，如果说龙泉山森林公园代表着绿色，而龙门山却是代表了成都的生态园林。龙门山绵延500公里，位于成都的西部，从彭州、都江堰至邛崃一线，构成了独特的自然、人文风景线。当我们仔细打量这一区域，不难发现，这里堪称成都的自然生态的代表之作。

但就龙门山的旅游开发与利用而言，虽然有彭州龙门山国家地质公园，但没有更好地加以利用，成为龙门山景观地带，这不能不说是可惜的。在邛崃，龙门山穿越多个乡镇，它们各有独特的人文风情。如果串联起来，也就构成了独特的景观，至少是在邛崃，可以从南宝山到天台火井、平乐古镇、临济镇，这样的场景给了我们更多的想象。

这几年，我多次到邛崃，感受到龙门山的独特风情，比如天台山、平乐古镇、南宝山，都有着自己的特色，在旅游方面也取得了许多成绩，如果能更好地呈现龙门山和邛崃的况味，也就更容易突显出地方特色了。就这一点而言，是龙泉山所无法比拟的。

不仅如此，龙门山的生物多样性，自有亮点，只是多数时候，这些还没有更好地呈现出来，让我们更好地认知龙门山。何况这里是南方丝绸之路的起点，也有着丰富的在地文化，很显然这些优势资源值得挖掘，也就更容易形成龙门山的在地风景。

当我们走在龙门山的不同区段，可能看到的风景迥异，但最大的特色是自然，山与水，田野与丘陵，它们描绘出的是龙门山的风貌，亦如诗人笔下的佳构：在自然里徜徉，体味山川河流的温度。

我曾试图寻找与龙门山的书册记忆，所得的多是片段，比如关于平乐古镇的，关于南宝乡的，关于天台山的，却难以看到邛崃段的龙门山的相关记载。也许是时候，以全新的博览园亮相，这才让我们更好地认知龙门山。

## 漫步石河堰

在川西平原行脚，随时都可以遇到风景。这不，趁着周末，邛崃的朋友相约过去要一要。当然，要看以前没有看到的风景。此前，看到有消息说，邛崃将要在临济镇打造一个龙门山生物多样性博览园。说起龙门山，很多人可能很熟悉，但要说具体内容出来，还是不大容易。

2021年3月4日，在成都市大熊猫基地，邛崃市人民政府与成都市公园城市建设管理局签订《龙门山生物多样性保护示范区战略合作协议》，成都市公园城市建设管理局将给予博览园项目大力支持，双方将围绕以博览园为核心的区域，共建成都市重要的公园城市示范区，共建大熊猫、金丝猴等19类珍稀动物和2000余亩珍稀植物的繁育展示基地。

虽然博览园还是在全球招标过程中，却不妨先去现场看一看。这个博览园选址在临济镇、夹关镇，地处龙门山下、白沫江畔，由此不难想象会做成一个怎样的空间。于是，我们就驱车来到了临济镇的石河堰。

结果，我们意外地发现，清澈的白沫江水沿着堰堤跌落下来，形成了一个宽大的瀑布，两岸的油菜花像平铺在河谷的彩色地毯，在春风中此起彼伏。优美的河谷风光让人们流连忘返。

想不到还能看到这样的风景，要知道这样的景致，在今天是很难看到的。我们把车子停着路边，忍不住下车拍照。虽然现在看不到博览园的样貌，但由这河谷、山地来看，是能够更好地呈现出龙门山的生态多样性的。

我们在这里流连。也有附近的孩子在这里耍水。而岸边的油菜花肆意开放，看上去是很有春天的气象。时不时有人从这里路过，拍照。不过多数人还不知道这里将发生巨变，迎来新的发展机遇。这里也是成都市认定的四个重要湿地之一（新津白鹤滩市重要湿地、都江堰天府源市重要湿地、蒲江长滩湖市重要湿地）。

随后，我们沿着白沫江走一走，看到这里的风景很美。白沫江发源于天台山玉宵峰，江水从天台、太和经夹关、道佐流入平乐，汇入南河后流入长江。古时平乐的竹子很多，造纸业发达，沿江两岸有上百的造纸作坊，整条江面上铺上一层厚厚的白沫，所以才有白沫江这个名字。

以前，总是在平乐古镇看白沫江，还有诗人为此写下诗行。想不到在这个叫石河堰的地方，还是看到别样的精致风景，水漫过堤堰，形成这样漂亮的景观。这样的自然水景，是一种生态和自然。

确实，在石河堰边走一走，我们更能感受到一种舒心的愉悦。

## 山地公园的未来

虽然我们看到的成都公园已经足够多，但还是始终觉得欠缺一个反映山地生态的公园。这或许是由于长期在平坝生活，对山地多了些许向往。而龙门山博览园的建设就给了我更多的想象空间。至少是在这山水之间，能感受到不一样的生态之美。

"公园城市"的魅力，当然是住在公园里，感受到人与自然和谐相处。在这一点上，龙门山博览园所提供的内容或许就更为丰富。从现在的规划看，就能看出这里所呈现的状态或许给我们以更多的惊喜。

我在临济镇进行寻访的时候，还遇到许多的林盘。在我的记忆里，林盘所呈现的不只是村落文化，更是传统社会的展现。那么，在今天，林盘所承载的或许可以用乡愁来表达。当我在山水间穿行，看到这样那样的林盘风格，就想走进去探寻它们的过去。

作为林盘的乡村带给我们的不只是记忆，更为重要的是数千年的传统文化以此为载体，绵延不绝。我在邛崃作家的笔下，也读到这样那样的林盘故事。而这些与龙门山相结合，就有了更为丰富的意象。

那是一种记忆。在未来，龙门山博览园里，也许所承载的就是这样现代与记忆的场所。这儿不只是可以游览，也可以思索，甚至于对人们进行生活美学教育——向自然学习，也就更容易懂得珍惜今天的生活。

站在这龙门山下，让我感慨万千。确实，当我们走过了许多的城市，看过许多的风景，但最为依恋的地方还是那一个所在——家园。那么，以此来看龙门山，就是成都人的家园了。

当古蜀人穿越岷山，穿过龙门山，到成都平原定居下来，至秦灭巴蜀之后，形成了临邛、郫都、成都三大都市，而龙门山下的临邛就具有了特别的战略含义。而南丝绸之路、茶马古道，由此绵延数千里，将巴蜀文明传扬到远方。

龙门山也就成为文化连接点。当我们穿越时空，所看到的是传统的延续，在这个过程中，又在不断地开拓出新思路，让天府文化绽放出更美丽的花朵。

这就是未来的龙门山风景吧。

## 战旗村新咏

成都周边的新兴景点也很有不少。有的去过一次，再也不想过去，那是因为假眉假眼的建筑以及街巷，到处都透着商业气息，好像你只是一个消费者，而未必是文化品位者。如此就呈现出浓烈的商业味，却少了一种古味、文化味。郫都区的唐昌古镇我去过好几次，虽然无河流从此经过，但看看文庙、街巷，乃至于残留的一段古城墙，都让人觉得有历史。明朝时，这里叫崇宁，当时这里还有一位崇宁王。春节期间，我到唐昌战旗村去游逛，偶然在郫县豆瓣博物馆看到崇宁王的塑像，也真让人有时光倒流之感。

战旗村的历史并不算有多么悠久。刚走过村口，就看见游客中心，取得景区资料一份，就开始游逛，街巷里已经来了不少人。我刚好留意有一间村史馆，于是先去看看这个。战旗村最初名为集凤村，1965年在兴修水利、改造农田的工作中多次当选先进，成为一面旗帜，故而才有"战旗村"的命名。简言之，这个村名可追溯到1965年，虽然算不上古村落，却因为深具川西坝子的乡村味道，而吸引着各地的旅行者到来，加之有领导人来此走访，更少不了慕名者。去年战旗村开村的时候，小说家刘甚甫就在以此为题材创作一部小说，这让人很期待。要知道，自周克芹先生的《许茂和他的女儿们》之后，四川作家再也没有关于乡村的有分量的作品，虽然最近几年也有几种"乡村史诗"类的小说，细读之下，倒是让人失望得多。战旗村却与众不同，既有时代价值，又有历史韵味。

在村里有个文化广场，已经搭起了一个舞台，一位主持人引领着演员在进行彩排，台下的凳子上已经坐了一些观众。我这才知道这是灯会开幕式的彩排。我站在那里看了一阵，提前感受到灯会的氛围，倒也是难得的体验。刚进入村口的时候，我就留意到村落里，已经摆上了形形色色的彩灯。可这是下午时间，自然体验不了灯会的闹热，却不妨想象着灯会的现实场景。这几年，成都的每个区县都有自己的灯会，在村庄里举办灯会，大约是第一次吧。

在广场的右侧有一个农产品电商服务平台，这才第一次知道战旗村有着丰富的农产品：豆瓣酱、豆腐乳、豆豉、火锅底料、方便火锅……且有着18家绿色农产品企业。我留意到，不少旅行者在此购买这样那样的农产品，这让人体验到川西坝子的物产丰富。旧时，成都就有"金温江、银郫县"之称，现在看来，郫都区的经济也不弱。工作人员介绍说，现在这里的农产品的产值多达1.2亿。一个村庄尚且如此，这让人对当下的乡村振兴充满了期待。

随后，我在战旗村四处游走，看看乡村风貌，村舍早已经过改造，有了全新的面貌，如果不是提醒这里是村庄，还让人误以为是经济发达的小城镇。在一处池塘，我看见了里面布置了各种彩灯来装饰，若是亮灯之后，也是美轮美奂的乡村风景了吧。

再往前走，即看见了十八个各自独立的建筑，这就是新近打造的景点"乡村十八坊"了。走进这"乡村十八坊"，如同进入川西平原的一个传统文化大观园，"穿越"到了儿时的老街小巷深处，青砖灰瓦的复古建筑营造出浓郁的川西民俗氛围，榨油坊、酱油坊、布鞋坊、竹编坊、郫县豆瓣坊……一家接一家传统手工作坊令人应接不暇。这些都是郫县的名物特产，就说酱油坊吧，取自崇宁县东门酱园，1949年后改制为国营酱园，1980年战旗村聘请国营酱园老师傅为指导，开办了先锋酿造厂，一直延续至今。据《崇宁梦华卷民俗解读》介绍，这个酱园即道光年间开的"道生昌酱园"，其拳头产品即驰名川西坝子的崇宁红酱油，年产量多达七万斤，而唐昌的凉菜长足发展与此有着密切的关系。这无形之中就增加了"乡村十八坊"的文化含量。

至于唐昌布鞋，那是远近闻名的品牌了，也是川西手工艺的杰出代表，至今已有700年的历史，这布鞋制作大工艺有32道，小工艺100余道。且现在已成为非遗项目。可惜我们到的时候，未曾遇到传承人赖淑芳老师。今天的不少手工艺已逐渐式微，但布鞋却经久不衰，成就了一段传奇。这既跟其与名人有故事，也跟其实用耐穿有关。总之，传统与时尚都由一双布鞋承载了。

在战旗村感受着这浓浓的乡村振兴气息，小桥流水、田园、乡村还依稀旧时光，但因注入了新理念，故而与传统的村寨区别开来。走在这战旗村，感受着川西坝子的农耕文明与现代文明的融合，就好像看见了美丽乡村的未来。

## 小年，在战旗村品茶

春节渐渐地临近了，年味也日渐浓郁了起来，像成都这样的都市，年味自然与乡间不同。朋友约着去战旗村喝茶。这个村庄是新型乡村，且有着不同的"景点"，颠覆了传统乡村的印象。

战旗村最初名为集凤村，1965年在兴修水利、改造农田的工作中多次当选先进，成为一面旗帜，故而有"战旗村"的命名。我们去的那天，正好是小年，村庄里早已热闹了起来。当地的书法家在写春联，而来来往往的人或购买年货，或闲逛"乡村十八坊"，十八家作坊记录了当地的农耕文化。我们也在村里闲走一回，参观了郫县豆瓣博物馆，看"川味之魂"，也是别具一格。走了几个地方，干脆找个地方吃茶。

这里无山亦无水，倒是引得旅人到来。在村里随意找一处茶馆，要了茶，就坐在院坝里晒太阳，要知道，成都的冬天里是难得遇到这样的好天气。茶是普通的绿茶，茶叶不错。朋友虽然随身携带了茶叶，还是要尝尝当地风味。要知道，品茶不只是借茶铺里的水泡自己的茶，而是要体验出当地味道，唯有茶与水合一，才有几分感觉。或如诗人所言：冬天，靠近一些温暖的事。吃茶何尝不是如此。

我留意了一下，来此吃茶的人并不太多。大家匆匆忙忙，好像买几份年货或者闲逛一回就已足够，很少有闲情坐下来吃茶了。这也不奇怪，毕竟是小年了，团年、聚会的活动自然不少，忙里偷闲能来此走一走已很难得。

我倒觉得现代人的生活困惑，就在于时常奔跑，难得有闲情来思考点什么了。吃茶、聊天，说起战旗村的故事，多少有些传奇。旁边也有三三两两的人是如此状态。这样的下午茶时光，真好。

记得，这附近有一地名为横山子，又名铁砧山，却看不见山在何处，也许是川西坝子寻常所见的丘陵吧。倒是这里正在进行的"大地艺术节"别样精彩，可赏田园风光的自然。我们品着茶，抬头，看着街巷里来往的人行人，闹与静并没有完全隔绝，有着天然的和谐——成都人吃茶在此刻也就吃出了些许境界。

　　和朋友在茶铺坐了大半个小时，就走了出来，融入到闹热当中。再沿着村道步入到田野当中，看着远处行驶的车辆，吹着和暖的风，倒真是没有冬天的感觉了。这让我想起八十岁的艺术家阿年在成都乡间寻访老茶馆，记录下品茶生活。也是别样的茶生活。如果这个下午他在的话，也许会给我们留下一幅吃茶图了吧。

蜀地上的
行吟时光

花开花落，春去春回。不知几多春秋，竟然过去得了无痕迹，唯有那些印记，让我们沉思、回味。在蜀地上行脚，更容易感受到大地带给人类的幸福之果。

川西坝子很大，大到一个文化概念，川西坝子又很小，小到一个具体的地理空间。今天的成都都市圈，不只是经济圈，也是文化圈，更是一个生态圈。空气、河流、山川都有着许多割舍不断的联系。这种联系让都市、乡村在今天深度融合在一起，构成新的都市图景。

当然，随着都市圈的持续融合，成都、德阳、眉山、资阳虽然分别属于不同的行政区，却依旧是互相关联的。这在生态上也有着更为直接的体现。当我漫游在不同的城市间，感受到的是生态犹如种下的种子，在不断生长，并带给人们更多的幸福时光。

一

在路上，总能发现不同的风景。7月11日，农历六月六日。我的生态文学之旅的第一站，是到访位于成都龙泉驿区东安街道的东安湖公园。

这个公园毗邻于大运会公园。两者看上去是一家，其实是各有各的管理方。说起东安湖公园，在公园里可以看到这里的生态建设得极好。现在的公园不再像传统公园那样建设，而是因地制宜的造境，植物的搭配也极其有讲究。各种物种在这个新家里得以融合、生长，并成为公园的新风景。在此地行脚时，我就想起了龙泉驿区作家协会编辑的《东安湖故事集》和曾明伟的《东安湖十二景》。这两部书从不同的视角所记录的是公园成长的过程，也是生态文明演变的见证。

这是我第二次来到东安湖公园。在这个公园刚刚修建好之后，龙泉驿区作家协会就组织了一次作家的采风活动，给这里的楼阁、桥梁、岛屿、建筑物予以命名。我那次因为临时有事未曾参加活动，自然错过了命名的机会。我第一次来已经是在大运会之后的事情，那是一个夏天，我到大运会博物馆参加《龙泉山》杂志的发布会。当天，我匆匆围绕着东安湖走了大半圈（以为东安湖的面积并不大），没有走多远，汗水就流了下来，与龙泉驿的作家们汇合后，再去博物馆参加活动，当时就已经感受到公园的生态与此前营造的公园有许多的差异，但也还是没细想这些。我还记得，不少人担忧，大运会之后，还真担心这个公园没落下去，成为一个荒芜的公园。比如没有人气、杂乱无章，这样的场景，终究没有在东安湖出现。

在湖畔，我看到不同的营地铺展开来，"满足更多人的需求。"这不只是一句话，也是公园的理念，不管是哪一类人群，都能在这里找到自己玩耍的地方。天气正炎热，在公园里看不到来来往往的游客，却可从营地的氛围感受到它们的特色。今天的公园不再是满足于闲逛，而是带有更多的趣味性。而这都得益于公园的生态，达到前所未有的高度，让人在公园里漫步，产生更多的愉悦感。

在路上，我听着公园的生态讲解，这让我对这个公园多了些认知。

比如这里的鸟类已经有五十余种。不知成都观鸟会的沈会长对此是否有新的发现。比如这里的岛屿上的植物，也都是根据各自的环境有所选择，而不是由某一种植物一统江湖。

相比较而言，我家旁边的天府艺术公园的迎桂湖，就没有东安湖的景致（这里的水质达到二类），不只是如此，就连植被就没有这般丰富、多样。看来，天府艺术公园的在这一块还有发展空间。

东安湖公园，作为公园城市的生态样板，是有着示范意义的。成都今天建造的公园数量越来越多，生态的和谐是公园生存的关键要素之一。当我漫步在不同的新建公园时，总是会为那不经意的设计所感动。是的，公园之美，就在于这生态之美。

## 二

早就知道德阳的旌阳区东湖街道有个高槐村。我还记得同事老魏第一次到高槐村的时候，到访高槐书院，就给我打来电话：你知道高槐村的藏书家不？你应该看过吧，他的藏书有二十万册。这个场面很震撼。

确实，四川藏书家数量多，能够藏书一二十万册的藏书家数量还是很少的。从东安湖到高槐村，最想看的还是这里的藏书之地——舒銮兵的高槐书院。

到高槐村的第一站，是去潮扇的展馆。这是民进会员杨占勇的工作室。上个月，四川民进在天府艺术公园有一个非遗展览，我去看了看，也还是拍下了成都民进的非遗传承人的相关资料，但当时没拍下其他地区的非遗传承人的资料，随后跟杨占勇聊天时，才知他也有作品参展。只是那时没有遇到罢了。

在这里，我们听一听潮扇进入德阳的历史。这潮扇源于广东潮州团扇。晚清时，潮扇传入德阳，经过纸扇工匠李宝成的改进，融入了当地纸壳扇元素并不断提高工艺水平，成为川中一绝。1895年，德阳潮扇受到慈禧太后青睐，成为贡品。在抗战时，张大千、叶浅予、蒋兆和都曾来德阳举办画展，也为潮扇作画，让德阳潮扇名气大增。在工作室浏览时，我留意到这扇面以山水、花鸟、虫草等为题材绘制而成，现在又把三星堆的文物元素加入其中，更具德阳味。同行的郫都区作家协会李志能主席是非遗评审专家，自然对此十分熟悉，他详细询问非遗的相关情况，通过介绍，这才让我们对潮扇有更详细的了解。而这潮扇即将开启国家非遗的申请之旅。同行的眉山作家张生全关注地方文化，并将一些地方文化的元素写入小说之中，看到这潮扇，自然要说一说青神竹编与潮扇的差异。"它们各有千秋，但青神竹编精细一些，可编织不同的物件，也更有艺术性一些。"

"一年可以制作100把高端潮扇。"杨占勇说。好的扇子，他配备的是德国或日本所产的绢，而相对寻常的潮扇，工艺简单一些，也可用宣纸作画制作。因此，这些不同类型的潮扇可满足不同的消费者的需求。

随后，我们在村里看看新农人经营的不同业态，比如音乐比如民宿，其中就有染云山房。最初到高槐村来的是诗人周中罡。十多年前，他与夫人来到这里，开始了乡居生活，他率先开了一间名为"不远"的咖啡馆。德阳作家杨轻抒曾在一篇文章中这样写道：

有中江人周中罡，十八岁闯荡德阳，事业早有大成，心中常怀小资，故置别业于此。时值九九重阳，菊花正盛，遂山呼狐朋，广招狗友，啸聚于此，喝高粱酒，尝毛毛菜，过陶潜南山之瘾。

中罡别业，为二层小楼，上为居室下作书房。中罡以初中毕业水平而勤苦努力，现书文俱佳，德阳招牌多为其手迹，羞煞众多文化人。书房设大桌一，置提斗小毫毛边纸若干，凡早年读过三天书者，上门皆可鬼画桃符。墙上又挂周夫人胡榕工笔写生若干，功底扎实，皆谓有培养前途。

室后有小院，置小桌躺椅，可读闲杂书，可泡功夫茶。绕墙种菊花，红黄粉白，邻水植斑竹，袅袅娜娜。据闻还将顺小径种向日葵三排，来年初夏，当漫天金黄。屋旁菜园半分，遍种茄子萝卜小白菜，周夫人浇水翻土，享村妇之乐。又有邻家小狗名花妞儿，入周家从不见外，撒欢捡骨头，见人就招呼，打滚翻身，洋洋自得。

这个咖啡馆，想来也是有意思的地方。有的咖啡馆开在乡村，取名猪圈咖啡，以为这样才接地气，其实并不是那么回事。现在，周中罡与胡蓉将咖啡馆升级为染云山房，并成为村里的最大亮点之一。虽然现在植物染在乡村振兴中随处可见，但这里所营造的氛围很浓郁。走进这里，好像走进一个植物染的新天地。当地作家侯为标以他们夫妇为代表写高槐村，还刊发在《人民日报》上，让这对新农人更加广为人知。

乡村振兴的五大振兴，人才是关键。城市里的优秀人才扎根乡村创业，带动乡村的变化。据说，高槐村引进、孵化各种类型的新农人，以此撬动乡村变革。这里有民宿，有民谣小院……这里，有着新的风景线。

高槐村是德阳的乡村振兴示范村，在生态治理方面，也做了许多尝试，这让村庄的风貌为之一变。这里是以农旅融合发展为主的乡村。在路上，李志能主席还在说成都正在评选金芙蓉文艺奖的事情。在他看来，成都对文艺的重视，应该有所转变。金芙蓉文艺奖的设立，是件好事。大家对他的敢说敢干表示钦佩，刚好看见高槐村的玉米地，就说，干脆给你发一个玉米奖。成都的评奖，现在以金字为多，比如金熊猫奖就很特别。大家提议给李志能的奖是金玉米奖。

仔细想一想，如果设置乡村振兴有关的奖项，奖一奖当地的物产，也是件有意义的事情。不少地方都有自己独特的物产，将之作为奖品颁发，至少是别具一格的。

高槐村的生态，是因地制宜营造出来的：利用村里的老建筑改建出不同风格的点位。在我们看到的几个地方，较少有新建的建筑物在村子里出现。高槐村之所以能有今天的影响力，就在于村庄给乡村振兴提供了新的可能性。

乡村振兴如何做？也许在未来会有更多值得期待之处，比如在乡村的精耕细作。乡村振兴的轰轰烈烈进行，不只是一种乡村建设运动，更应该是乡村活起来。这个过程，可能有些漫长。

## 三

不过，虽然我们在村里走了好几个地方，没有看见高槐村的高槐书院。这确实有些遗憾。

生态文明，在今天不只是一种说法，而是以乡村的基调为主，发展出新的乡村生态模式。自从脱贫攻坚以来，四川的不少地市州都有相应的乡村振兴点位，它们代表着乡村蓬勃的生长力量。

但乡村如何做才是最好的发展呢？这或许有不同的路径。高槐村与成都蒲江的明月村、郫都区的战旗村都有不同的发展方式。在高槐故事馆，看到一册书《高槐村这几年》，讲述这个村庄的沧桑巨大变迁。

其实，不只是高槐村有着天翻地覆的变化，在眉山太和镇永丰村，同样是有这样的变化。如果不是到这里来，恐怕很难有机会走进这个川西坝子的村落。

我们一行从德阳出发，上绕城，却不料在高速公路的龙泉驿段遇上了塞车，大约有半个小时，脑海里忽然蹦出了一句：陌上花开，可缓缓归矣。既然塞车，就不担心到眉山的早晚了，安然地在车上休息或看看道路两边的风景。

永丰村，抵达的时间已经是中午十二点了。

位于成都平原之中的平坝地带的永丰村，没有起伏的山丘，也没有高楼，一眼望过去，村庄周围的景致尽收眼底。这样的风景，我已经在故乡看了十多年。乡村在中国，平原上的风光总是相近的，而那些村庄的细部带给我们的是自然之外的冲击。

在文化大院的旁边，我看见一池荷花，这池塘的用水是永丰村的污水排放。集合成池塘，村民就在这里栽种荷花，因此，这成为村里的一道风景。之所以有这样的景致，是源于2019年的永丰被选为东坡区农村污水治理试点村，村子里积极推行"农户预处理+厌氧+人工湿地+资源化利用"的污水治理模式。不只是如此，永丰的道路、垃圾处理，让生活环境得到了极大的改善，这让村貌为之一变：不管是走在村内，还是在田间地头，都找不到凌乱的场景，干净、整洁，让永丰多了新气象。

永丰村的周围没有大江大河，然而，通济堰的支渠却流经永丰村。发源于成都新津区的通济堰。我曾去新津寻访这个著名的水利工程。新津作家周明生曾向我介绍说："通济堰肇始于西汉，经唐代重建，宋代扩修，形成了延续至近代的渠首枢纽——包括拦江大坝、引水渠堤、通航水道、控制标准等工程设施的大致布置格局。它是岷江流域古代少有的有坝引水工程。其拦河坝是我国历史上规模最大、运用时间最长的活动坝，规模仅次于都江堰灌溉系统，已经为一方苍生造福了两千多年。"其所惠及的土地，与都江堰可媲美。2022年10月6日，国际灌排委员会第73届执行理事会宣布四川通济堰列入2022年（第九批）世界灌溉工程遗产名录。永丰村的物产多样性，也与此有着密切的关系，或者更为确切地说，自然之水滋润着这一方水土。

得这种水利之便，永丰村的庄稼生长就多了底气。更让永丰村多了底气的还包括四川农业大学在这里的实践。2024年，川农大的水稻研究所教授马均团队在永丰村中试80个水稻品种，数量为近年新高。其中，新品种60个，上一年度中试表现优异品种19个，已推广且表现良好的参照系品种1个。近年来，永丰村的水稻生产逐年增长，就跟这个有着密切的关系。

走在永丰村，这才让我意识到，竹林盘、菜地、田园，在这个夏日里呈现出新的样态：村庄的变化也还包括了持续增加的投入，让原本有些落后的村庄，成为新时代的典型。我们在田埂上，看着那一片片高标准农田里的水稻，仿佛看见了秋收的景象。

在村史馆，我并没有刻意去追寻这个村庄的过往有着辉煌的历史。我知道，它跟川西坝子的许多村庄一样，在漫长的岁月中不断演变，但许久以来，村庄变化并不是特别大，直到新的社会制度确立，村庄才有了明显的变化，破旧立新，永丰实现了更多农人的梦想。这种变化既有乡村风貌之变，也有着社会风气的改变。那展示的一幅幅图片就在提醒着我们：今天的生活是多么的来之不易，正是因为有了良好的生态，这里的生活才逐渐变得美好起来。

当我漫步在村道时，不经意间就会发现：绿色、生态，在今天已经成为永丰村的主色调。而这正如同眉山本土诗人许岚在《永丰村》所写的那样：


国家现代农业园区、IPI绿色示范防控园区
每一叶青绿的目光。正亭亭抽条
新品种冠两优化占、麟两优化占的目光
孕育着高标准农田产量新的增长点
一个个种粮大户的目光。生态、坚定——
"中国人的碗，得盛中国的粮！"

一万只白鹭。一万个赤子，归来的目光
定居在一座念兹爱兹的向往

最有趣的是，与村民聊天，他们自豪的表情，让人看到那种自信是
油然而生的。在一些乡村，我们看到的是常常是老人与儿童居住的村
庄，这里却显示出更多的生机，年轻人在村子里随处可见。很显然，在
永丰村，村民们种出了幸福生活。

# 四

大美乡村入画来。乡村是有生命的、有温度的，也都是一首首充满
了乡土气息的诗。

这几年，我也机缘巧合地跑了好些地方的乡村，每到一个村庄，都
期望在寻访的过程中，发现村庄生长的基因在哪里。但我深知，乡村因
地制宜的发展，让乡村生活变得多样化起来，而这也正是乡村的迷人之
处：不管是走在怎样的村落，你始终不会有千村一面之感。

高槐村与永丰村，是乡村振兴的两种样态。

从乡村的生态来看，高槐村更接近于时下流行的城乡融合，故而其
所走的路径是带有现代都市的影子。而永丰村是纯粹的以农业为主的村
落，商业虽然有一些，却并没有过分的商业化，更像是满足村民的需
求，即便是有食堂或餐馆，也只是满足像我这样的旅者在村里的饮食之
需。甚至说，永丰村的传统村落的味道更浓郁一些。

再来看看永丰村与郫都区的战旗村。

这两个村落，有着相似的发展经历，因为习近平总书记到来，迎来
了高光时刻。但两个村子的发展也还是有很大的差别。战旗村的商业体
更多一些，比如文旅综合体"乡村十八坊"就很闹热，让人看到乡村的

另一面，完全不是旧时川西村落的样貌。在这里感受的是小型市镇的生活，有些喧嚣，甚至于有点儿浮夸。但就生态而言，也是各有各的做法：高槐村将生态优势变成了一种手段，优先服务于游人，吸引外来者，着眼经济增收；永丰村破解生活污水处理难题，实现了生态美、产业兴、百姓富的有机统一；战旗村走生态优先、绿色发展之路。战旗村以壮士断腕的决心关闭了村上经济效益好但污染严重的铸铁厂、化肥厂等5家企业，搬迁了5户规模养殖场……

如果说城乡融合发展是中国式现代化发展的必然要求，在美丽中国的路上，乡村贡献的即和美乡村，又或者说是在向乡土和传统致敬。

在川西坝子上的不同类型的乡村，它们在乡村振兴的路上所走的路径固然会存在千差万别，但最为关键的是融合发展，将自然生态放在首位，这就让乡村保持了持续发展的能力。但这个发展，却是缓慢的，而不是像工厂那样批量生产或者一下子就发展起来的，需要遵循乡村的发展肌理去探寻。这就像今天的乡村生态，哪怕是最初时落伍一点，都没有太大的关系，但通过系统的生态修复，这才可让村庄焕发新的活力。

我曾在《在希望的田野上逐梦》一书中对此有过些许探索。我深知，乡村经过数千年的沉淀、演变、发展，已经是有自己的传统、习惯，而今天的乡村振兴带来的是在传统的基础上为未来乡村生活寻找新的可能性。这恰如水立方设计师赵晓钧所说的那样："乡建不是扶贫，不是保护，不是逃避，不能让城市病翻版到农村，要顺天合道，不能用力过猛，新乡村的群体是特殊的，需要有共同的根气，自然生态友好，人文关系舒展，建立经济循环，对外界要有良性联结。"

这让我想起一位朋友所说的欧美乡村之所以令人向往，就在于人与自然的和谐相处，人文历史的遗迹在乡村出现，这就得益于城乡规划中对城市的发展划出了边界。而我们所提倡的和美乡村呢？也许可以从这里受到一些启发：在乡村建设的未来路上，更多的是以人为本的乡村生活，而不是一个个浮夸、复制城市生活的乡村。

<h1 style="text-align:center">五</h1>

夏日里，连续两天在路上的奔波，确实让人有些疲倦。下午三点，从眉山到资阳的路上，我忍不住打起了瞌睡。等我醒来，车子已经穿过龙泉山，进入到资阳的地界。大家也跟着兴奋起来，就聊起喝酒的话题。李志能饮酒最豪爽，在成都的酒会上表现不俗，我正在写的"微醺计划"里有多处写到他的壮举。那么，在百威啤酒厂，会遇见怎样的故事呢？值得期待。

多年来，我一直来往成都与资阳之间，这里的文朋诗友众多，故事亦多，且对资阳的自然生态有些许的了解，当地的物产如安岳柠檬、临江寺豆瓣、雁江蜜柑等，以及乡村振兴中的雁江区晏家坝也都有些熟悉。但对于资阳的工业情况，我所知道的还是一片空白。

走进百威啤酒厂，先看啤酒生产的品种。有一些品种，我也曾有过品尝，口感不错。啤酒与茶一样，在我看来，随机选择就好，不必强求忠实于某一种品牌。因为只有这样才能让我们品尝到啤酒的不同风味。法国作家菲利普·德莱姆有一本书叫《第一口啤酒》，作者细致而传神地描绘了面对啤酒将饮未饮时一瞬间的意识流动。在他看来，"快乐就在细微之处"，这是饮啤酒的状态。将之来形容这眼前所看到的场景，也是恰当的。

当走进一个个生产车间时，就让我想起在邛崃文君酒厂参观白酒生产车间时的情形，整齐的车间，透出白酒的味儿，些许工人在现场劳作，拍出来的照片，也极具现场感。我很快意识到，这是不符合百威的生产场景的。在这里，看不到忙碌的工人，车间显得有些安静。我们走过几个车间，大都如此。

啤酒生产，原来可以是这样的方式。

听着讲解员对车间的介绍，再看看这里，与传统的工厂有极大的差异。我也去看过一些企业的工厂车间，像百威这样的极少。百威的生产工人不到两百人，却创造了近十亿的经济价值。在啤酒的生产过程中，也在强调生态。在一面展板上，不同的数值记录了生产的过程。这种严格的管理方式，让这里变得与众不同。

尽管在此我所看到的车间场景，与其他同类工厂没有太大的区别。但就生产而言，却因追求的理念不同，让啤酒生产变得更纯粹一些。李志能虽然没有品尝到啤酒，却从陈列的展品中，寻找到喝啤酒的感觉："啤酒的好处是，可以慢慢喝下去，而不会担心很快醉倒。"

啤酒味儿，虽然有点淡雅，不像白酒那般浓烈，却能给人提供一种想象。在百威，我想，这淡雅也还包括了啤酒生产过程中的对生态的尊崇，以及对此地生态环境的因地制宜地利用。总之，在这不经意间，就让我看到一个绿色车间的存在。

# 六

大地上的事情，简单而又复杂，它们是按照自己的想法生活着。无哀无怨，偶然的自由、相遇的欣喜……在人类的思维里，那些植物、动物，虽然有着自己的思维，但似乎少了些所谓的焦虑、不安。

我还记得苇岸曾说过："现代社会是启动的火车，节奏与速度愈来愈快，它不能与自然节律同步运行，这种与自然节律相脱节是现代人紧张、焦躁、不安的根源。"确实，在都市里，每天醒来，都会面临着新的紧张，那是对未来迷茫的感觉。

行脚在川西坝子上，我们所看到的风景，有的特别，有的寻常……

这样那样的日常场景，却带给人以不同的思索。东安湖的一株水草，高槐村的一栋建筑，永丰村的一株庄稼，资阳酿造的啤酒，它们因在各自的地方成就了自我，而将它们换一个地方，是不是有着相同的经历或者故事，是很难说的。

"你看那些乡间的风景，不管人类以怎样的目光去看待，它们都不会以此来生活，而是在自己的世界里活出精彩。"这样的话，是有几分道理的。

最近，我一直在尝试在现实生活中多一些与自然的对话。这也包括聆听自然界的声音、草木的成长、观察河流的生态。在职场上，我们可能经历这样那样的诸如委屈、挫折、升迁等等，身处自然界的物与事，何尝不是这样面临着许多的生存困境，但它们照样是要过好一生。精彩、亮丽、灰色、低落，不管哪一种色彩，都是自己写就的生活。

当我们对乡村了解得越多，也就越懂得乡村的肌理，在于那些琐细的人与事之上，这些看似简单的关系，想要达到和谐共生的高度，却是不易的，需要进行更为积极的探索。

自然也好，生态也罢，都是体现在这些具体而微的世界里。这个世界不一定是完美的，也不一定是充满诗意的，但却因具体的事物的存在，让世界多了参差之美，有了多元，就让世界变得丰富了起来。这就是我们珍视的现实中的自然世界。

第二辑

# 公园行脚

## 1

我所居住的外面即公园，成都唯一的一座与艺术相关的公园，里面有艺术馆、美术馆、图书馆。在我眼里，艺术与美术两馆相差无几，只是为了便于称呼，多增加了一个名字而已。每天去公园，都会看到有许多人在馆外排队等着观展，虽然观展需要事先预约，但也还是阻挡不了那么多的热爱。我这才知道，成都有那么多喜好艺术的人。

与观展的人不同，我到公园去，并不是为了这个，只是去散散步，顺便打望、逛公园或者观察观展的人。这些，也是有意思的事，且各有各的趣味。这倒不是因为他们形色各异，而是在公园里的状态，他们处于放松的状态，随意、自在之中，有着隐秘的张扬。

这种不经意的状态，常常是稍纵即逝的，就像拍照那样需要抓拍，瞬间的情绪表达，或忧伤或美好，都有着独特的内涵。某一天的下午，一位中年人面对着室外的雕塑发呆，表情变化多样，也许这是勾起了他的记忆。我只是在旁边观察着，猜想着这背后的故事。

这故事多半是超出了我的想象。即便是来观展的人，也是有着多种的可能性。我曾经在微信上关注朋友圈里关于公园与艺术的各种"报道"，这种关注可能有点儿流于表象，毕竟这是对公众的展示，是观者的局部表达。倘若我们以观看之道予以对照，就会有所发现，细节生动、密集，这种观察更像是一种自我审视。

公园开放之初就规定了早八点与晚八点皆不能入园，这让散步者、跑步者少了可去之处，即便是如此，也还是吸引了人们的不停到访。在公园还未开放之前，我亦曾前去探访，像我这样的期望提早想揭秘的游逛者不在少数。这大概也是当下的观者心理：总是期望能早一点儿看到确切的消息。每每刚踏入公园的一角，就有安保人员来劝阻……这样的场景发生过一两次后，就再也没有走进去，直到公园开放。

对刚开放的公园，人们充满了好奇。总是期望从不同的视角发现公园的美好或不足。这一种踏访，与个人兴趣无关。当然其中的声音，就像是一种多声部的吟唱，各有各的说法，互不干涉。

行脚在公园里，单纯的散步，或在迎桂湖边漫步，也会倾听到蛙叫、虫鸣……人语表达得更为丰富（跟语言相通相关）。确实，在公园听一听这样那样的声音，也是倾听自然的和鸣。

## 2

十多年前，公园这儿还是一个名为"跃进村"的城中村。村子虽然不是很大，但聚集着菜市场、饭馆、杂货店、网吧等等，可谓是一个小型的社会。这里散居着不同的人家，没有所谓的街巷，那些看似破旧、凸凹、曲折的道路，在房舍间穿过，对于前方的路充满了好奇，这也有都市探险的意味。我也多次在这样的地方行脚，却时常会遭遇迷路，或者走入某一户人家的院落，还没有走近，就听见了犬吠。这不免让人心惊，只好退回去，寻找下一个路口，再择路而行。

跃进村不只是一个生活场域，也是一个消费之所。夏天的时光，在那几家苍蝇馆子的门口，摆上了桌椅，食客总是不断涌来，以至于还会出现交通拥堵。大声武气地说话，沸腾的汤锅，构成了一幅市井气息浓郁的场景。此外，这里还有一间酒吧，名字已经想不起来了。有好几个傍晚，我从酒吧门口路过，想进去喝一杯啤酒，终究还是打消了这样的主意。这或许是源于生活的"隔"，对酒客而言，这又是夜晚消费的必需，在城中村，早些年还可以有录像厅、茶馆、台球室这样的地方，现在它们统统消失了，取而代之的是新的消费方式。我虽然未曾对此做过贴切的观察，但从我所看到的内容看，消费变得更为简单、便捷了。

跃进村最为人所津津乐道的是1958年的成都会议，当时的党政要员在金牛招待所开了一场重要会议。会议期间，即到田间地头考察，遇到了村民在田间劳作，于是有了一段佳话。跃进村当时还叫友谊村，因为这个，随即更名为跃进村。在改革开放时代，这里出现了成都最早的万元户，这里成为金牛乡的典型。然而，随着时代的变迁，这里竟然成了落伍的"城中村"，这确实出人意料。但仔细思考，这背后或许跟城乡发展有关。

1958年距今也不过是数十年，却犹如沧海桑田般的巨变。行脚在这村落时，也曾想着探寻这种转变，终究没有一个确切的答案。

那么，今天变身公园，又是一种突破。这，让跃进村这个地名成为永久的记忆。

虽然说起跃进村，有着曾经的辉煌史，但现在却连公交站台都变更成了"天府艺术公园"，唯有跃进社区这个名称还记得过去。

# 3

拆迁，对一个城中村来说，喜忧参半。喜欢的是，从此不再居住在这样一个地方，居住环境得到改善，忧愁的是，昔日的生活环境一旦消失了就再也回不去了。当公园修建之时，在其不远处的拆迁小区"成都友谊花园"也在动工了。现代都市的拆与建，都比以往的速度快了些，让人有目不暇接之感。

在拆迁的工地上，我也去闲逛了一回，顺便捡拾两个丢弃的门牌号：跃进村六组23号、跃进村八组60号，已经没有人在意这些旧物件，但它们却记录了过去，我没有去查找门牌号所对应的人家，至于其中的故事，现在也是无从查找了。也不必对应着寻找故事，从跃进村到公园，似乎也就预示着空间、身份的转变。

公园修建之时，我还在努力想记住这个村庄的从前模样，幸好当时拍下了一些照片，但已是无法复原一个消失的村庄。成都周边像这样消失的村庄，数量应该也有不少，翻阅老地图，看到那些"村"的地名，就知道它们已经不见了。

当我在公园里行脚时，似乎在意这里过去的游客不太多：对新建的公园保持着新鲜度，对过去的生活选择放弃。这就是现在的生活。

在行脚的过程中，我不仅是旁观者，也是参与者，这种角色定位让人更容易与大家保持平视的视角。

偶尔也会有游客在此交集，听一听他们的意见，但所谈内容已很空泛，许多细节已无从打捞。现代生活变得匆忙，少了一份从前慢。这就像我们在不停地赶路，却忽略了路过的风景。这样的状态，看似走了很远，却走不出内心的焦虑与不安。印第安人有一句谚语：别走得太快，等一等灵魂。确实，我们得慢慢打量身边的事物，这才让我们对此多一些了解。

## 4

夏日炎炎，去公园的时间改到了晚上。晚饭后，出来走一走，顺便去下图书馆，借书、换书。如果是周末的时间可以待到十点钟。以前，从没有想到在家门口有图书馆，所以现在去得勤了些。还好，借书卡依然有效。家里的书多，有时想找一本书，一时找不到，去图书馆查询，依然不可得。这样的事情遇到过几次，最终还是要去逛旧书店、旧书摊，才能少了这些许的遗憾。

逛图书馆，借书，也多数是泛泛地浏览，并没有在这里阅读的习惯。自以为离图书馆近了，有大把的时间去阅读，却也并非那么回事。一周去个两三次，也算是不错的。不过，在新冠疫情之时，图书馆每天限3000人（周一闭馆除外），预约晚的话，几乎是满员。好在下午六点钟以后，无需预约。这就方便了像我这样的读者。

在图书馆里，遇到朋友的书，也时常会拍照发给朋友看一看。当然，这说明不了什么，只是表示图书馆的采购关注的群体与个人的阅读趣味有些重合吧。

有一次，在图书馆，看到曹亚瑟兄主编的"闲雅小品"放在了报告文学的书架上，总觉得过意不去。既然是古人的小品文解读，应该是非虚构，却与报告有关。在图书馆，这样的故事应该还有许多。毕竟是拥有80万的藏书量，不是每个馆员都熟悉书籍的具体情况的。如此一想，倒也释然。书故事，不就是这样生发出来的吗？

## 5

从图书馆出来，沿着迎桂湖散步，这里早先是一片民居，打造公园时挖了一个人工湖。起初我以为湖取这个名字，是因为湖的周围有桂花树。可一直没有看到桂花树。朋友告诉我说，因距离公园旁边有一条路叫迎宾大道，故而取这个名字，这个"桂"，是贵宾的意思，又不好那么直白地说出来，就有了这个名字。

不过，这，也许是因为旁边是金牛宾馆吧。

且不去管他。湖边有合欢、蓝花楹、桃树等树木，看上去很不错。最近我在看《成都市外来入侵植物》，记录了入侵成都的外来植物155种（含种下等级），隶属于44科107属，其中实地调查到130种，标本查阅15种，文献资料10种。这个数量在今天似乎也是越来越多，想一想本土植物与入侵植物之间的生存竞争，让人不得不感慨，这样的人工干预会给生态带来怎样的后果。

在湖边漫步，会遇到许多散步的人。他们停留下来，坐在湖边，吹着凉风。倒也有几对夫妇带着孩子，拿着小网兜，在湖里捞着什么……这样的景象倒是很日常。

很偶然的，在湖边遇到了两位女性，她们面朝着湖，在打坐，也许只是静默。我站在她们背后，拍一张照片。等我再次来到这儿时，却已不见了人影。

我想起住在附近的李野航，他有时候来公园练太极拳，不过，有段时间没有看到了。想来又是出门寻碑问帖去了吧。也许他也经常来公园，只是我没有遇见罢了。

相遇不相遇，皆成过往。在公园里如此行脚，倒也自在，倒也有味。

周末时间，总会有一些朋友约着寻一处幽静之所吃茶，以前多是锦江边的茶园，树荫下，微风徐来，倒也是难得的雅致。当这些茶园消失之后，吃茶就移到了不同的公园。

成都的一些老公园里，一般都设有一两座茶园，以人民公园最为闹热，鹤鸣茶社几乎每天人满为患，在这里会遇到形形色色的人物，时不时也有老外夹杂其间，像百花潭公园、文化公园、望江楼公园、塔子山公园等几个地方，也有可吃茶的去处。几位朋友邀约，度过一个下午时光，倒也是一种享受。有时，去公园也不只是吃茶，周边倘若有不错的餐馆，茶后的小聚就平添了更多的内容，在快意中感受时光的流速，却有珍惜当下的意思。

早前，成都的寺院道观也有吃茶的去处，比如大慈寺的茶园，不少文人爱去那里，有一段时间都周二，一群人会在这里聚会。我后来曾去大慈寺吃茶，却觉得多了烟火气。文殊院也曾去吃茶，不过，我和朋友爱到旁边的头福街吃茶，那时候这段路还是断头路，少车辆往来，后来打通了就少了一份幽静。青羊宫里的茶园，我去过的次数少，每周四会有一些学者在这里聚会。像我这样的闲人却不喜这里的吃茶氛围，多少有些压抑吧。

这样的悠游公园的吃茶生活，着实让人有些羡慕的意思。但这只是成都人吃茶的一瞥。

公园里最大的特色，当然是在于游逛。遵循不同的线路走下去，就会有不同的游逛体验。我喜欢在公园里闲坐，旁观公园里各色人物，拍照、锻炼、闲逛……虽然每个人到公园的目的各异，但无一例外的都是在探寻另一个可能的世界，这里既有偶遇，也会有故事，只是多数时候，这些转瞬即逝，给人以既视感。

诚然，公园里的建筑多样，有中式风格的亭台楼阁，也有西式风格的装饰，但不管是哪一种，都是给人一种休闲的印象。在成都的公园里，会遇到盆景大师所设计的这样那样的盆景，这也是让人流连之处。每年还会举行盆景展，各种盆景争奇斗艳，倒是让人惊叹这微型的诗意。

这几年，成都变化很快。快得有些让人眼花缭乱，且拥有这样那样的"城市名片"，从前成都的休闲与慢节奏，不经意间已成为过去式。

某次，与朋友约聚会，且需提前预约。从前的成都人可不是这样的生活的，在挣钱的时候使劲挣钱，而休闲时间就好好地休闲，至于生活更是讲求质量。但这种趣味，渐渐地变成了折衷主义，生活虽然还在继续，却少了一份从前慢。

这也是现代都市生活的反映。幸好在我们的世界里，还有公园可以让我们休憩一下。在工作之余，到公园里走一走，透一下气，就成为一种必须。在公园里，也会相遇到与我相类似的人：经济不景气的时候，工作压力增大，如何缓解压力，大概在这里也是缓解方式。面对来来往往的陌生人，从容地坐下来，或随意走走，都可让节奏慢下来。当然，在公园里，也可促进思考——理顺工作的思路，再出发。

"公园城市"这几年被提到的次数越来越多，成都的公园也在持续增长，新公园与老公园相互辉映。这不只是一种人居的体验，更为要紧的是让生活变得绿色。这种变化是切实的。就连我家附近也有了公园，以前可从没有想到有这样的奢望。

我家旁边的艺术公园，既有图书馆也有美术馆，可看书可观展，即便是沿着湖滨漫步，也可感受到公园所营造出来的艺术氛围，在公园的一侧则是商业气息浓郁的商业街区，因隔着一段距离，就有两重天的感觉。同时，由艺术公园出发，沿着"丝路云锦"，可以抵达金牛公园、新金牛公园，这样通过高线联络的方式，让几个公园穿在了一起。闲暇时间，走在这里就有不一样的漫游体验。当然，公园里外的建筑数量也很丰富，有公园城市研究院、规划展览馆，在这中间行走，就好像看到了城市的变迁。

此外，这附近还有以摄影为主题的公园，我时不时去逛一下，不只是看公园的风景，更为要紧的是公园里有一个当代影像馆，时不时会遇见这样那样的摄影展，让我对城市、生活、建筑有了更多直观的了解。确实，我们生活在城市里久了，对周边的事物多少会有一种倦怠感，但在这公园与影像里，却可以对身边的世界有更多的发现。

每天傍晚在公园里漫步，是怎样的一种生活体验？事实上：生活里的诗意并不在远方，而是在身边，那些具体而微的生活细节，包括建筑与人所营造出来的情感，是独特而有味的，亦可寄托着深情。我还记得几年前，南京薛冰先生策划"乡愁城市"丛书时，我还是有疑问，城市难道也会有乡愁吗？

答案当然是肯定的。当城市里的建筑物变得丰富，街巷变得多元的时候，也许就有了城市参差的生活之美。那么，以此来看，住在公园里就成了生活现实。套用诗人张选虹的话来说：一只白鹭飞出苍山，像从史书中飞离的一朵梨花。这种情景虽然只是存在于瞬间，却可让我们看到生活里的情味。

在场，让现代生活中多了些野趣。成都的公园现在有上百座之多，它们带有不同的色彩和味道。闲暇时间，我总是会去陌生的公园走一走。这时就会发现，公园与人的关系亦可分为多种，有的植被好，吸引着人来闲逛，有的花草树木多，摄影者会走进来，有的有一片湖水，年轻的父母会带着孩子去耍水……这公园，也成了城市人亲近自然、认识自然的一种方式，这倒让我想起儿童时代在乡村生活的经历，摸爬滚打的日子中，对自然界的认知是潜移默化的，无需像现在这样的"学习"。不过，正是因为公园的存在，这才让我们的生活多了色彩。

当公园城市成为一种都市景观，也有自己的价值观。我们生活在这样的都市里，所追求的是也许幸福感的最大公约数了。在某种程度上，公园并不只是"游逛"之所，也还包含了人文情怀和趣味，这才是公园城市所应具备的精髓。

最近到温江去，倒不是"金温江、银郫县"吸引了我，而是在温江能够相遇到些许别致的河流和人物来。在我，观看河流需一种别致的眼光，如此才能在流淌中洞察出玄机来。

旧时鱼凫王国就是建造在温江这一块土地上，因河流纵横交错，逐渐形成了农耕文明，温江区经由李冰开凿都江堰农业灌溉得以进一步发展。不过，现在居于都市的人们，对河流的认知自然有些弱化了（与已渐渐远离农业生活有关）。但这些河流不仅兼具排洪和灌溉功能，更是孕育着一个地方文明的未来。

我最早知道温江的河流就是金马河，想一想这条河的命名，都会给人与众不同的感觉。后来读过小说家邹廷清的《金马河》：牧牛人在石滩上休憩，村民在浅水里争相叉鱼，水鸟在沙滩上窜动，白鹭迎着夕阳优美飞去的场景，真是美轮美奂。读这小说，我才知道这条河有着厚重的历史故事。此河也曾有渡口，可惜今天已难寻觅了，这不免给人以历史感。

直到有一年冬天的下午，我和朋友开着车去看望金马河，才发现此河很宽，金马河的堤岸上有着一丛丛的芦苇，煞是漂亮。但这时候的金马河正处于枯水期，河床也就裸露了出来，有一些人在河边玩耍起来，甚至有人在这里野炊。傍晚时分，夕阳斜照在金马河上，别具风格。这样的观看，着实让人惊讶，并不是小说里描述的那条河，也不是想象中的那条河。不管怎样，看过之后，才知道其是怎样的样貌和存在。

其次就是江安河了，这条河从都江堰浩浩荡荡流下来，抵达温江又有了许多支渠，穿过寿安镇，首先抵达岷江村，这里有个岛叫乌鱼岛，此岛源于这里有个乌鱼堰，面积不是很大，却长满了桂花树。倘若是秋天过来，也是很美的事。在桂花树下，吃桂花糕品桂花酒也是一景。这个岛的故事却并不太多。尽管如此，在田野之中，能有这样的岛屿也是很有意思的事。

沿着江安河缓缓行脚，有一条绿道紧邻着这条河流，大有与河流同行的意思。安宁，有岁月静好之感。我并没有去追问绿道从哪里开始，又在哪里终结。走上这一段路就已足矣。在绿道上有人骑着自行车来往，甚至不乏成都市区的人来此骑行，我却喜用脚步去丈量。

江安河经过寿安镇，流过国色天乡，再下来就是温江公园了。公园里的人文氛围真好，每次在温江和朋友聚会，我都会选择在公园吃茶，或去旁边的几家旧书店闲逛，或去王光祈纪念馆看一看，如果运气好的话，温江区美术馆的书画展也可去打望一下。这样的闲散日子大概可代表温江的生活方式吧。

如果我没有记错的话，小说家何大草曾写过江安河，从温江一路流下去就到了双流的地界，四川大学的江安校区就是在河流的一侧。有一位朋友知道说，这河边还有一些露天的茶铺，吃茶很安逸。这不禁让我想起多年前在锦江边与朋友吃茶的情形来。但在成都的城区，已经难以寻觅到这样的茶铺了。

温江的河流，杨柳河的名气虽然不是最大，却是和江安河一样从温江的城区穿过。诗人杜荣辉的家就在杨柳河边，我去看过数次这条河，河水汤汤，在河边有一排露天的茶铺，桌椅就摆在河边，坐在那里即可听见淙淙的流水声，在此吃一杯闲茶再闲话一下诗歌旧事，也是件安逸的事。曾记得多次与三五朋友在此欢聚，然后在旁边的小馆子饮酒赋诗，这样的欢乐时光如今是找不回来了。

杨柳河的故事也多，据说川剧《秋江》就与它有着密切的关系，文人墨客也有诗词赞美它的魅力。且不必去管这些林林总总的故事。笛卡尔说："我思故我在。"我独喜爱在这河边漫步、吃茶，与喧闹相比，这才能欣赏河流的流动之美。

穿过岁月的河流，我似乎看到了文明在这一块土地上流动，虽然生活在这里的人物有代谢，却未曾中断追寻日常生活之美，从远古至今，这些河流虽曾改变河道，却一直是流向未来——那是可期许的日子。

鲁
家
滩
的
诗
意
与
远
方

位于和盛镇的鲁家滩湿地公园，是成都市加快建设美丽宜居公园城市选取的100个郊野公园之一。按照规划，这里分为"两带三区、六滩八景"——两带：北林绿道带、金马河堤顶绿道带；三区：环湖戏水区、跌水观景区、浅滩活动区；六滩：卵石滩、樱花滩、白鹭滩、跌水滩、银沙滩、浅草滩；八景：蒲帆载风、窗含西岭、乱石寻青、鹭点烟汀、风荷卷水、浣纱不辨、草屿水跌、樱岸独钓。

温江区作家协会主席李永康考证鲁家滩的发展史时说：鲁家滩原来是金马河边一渡口所在地，因当地鲁姓人居多而得名。后来修建了三渡水大桥，过河用不着坐船，渡口失去了功能，便自然而然遭到了淘汰。之后，又因为修筑金马河防护堤，在河堤内侧取土石筑堤，形成了一个低洼处，慢慢蓄积成水凼。起初，鲁家滩面积不大，再后来，人们的生活逐渐富裕了，又有人在这里淘沙取石用于建房，改善居住环境，水凼便有了规模。水停百日易生虫——微生物，这些也会有利于鱼儿们的生长繁殖。鲁家滩一度成为垂钓者们恣意妄为的乐园，这野趣渐渐使它有了一定的知名度。

关于鲁家滩，温江作家多有涉足，在他们的眼里，鲁家滩不仅是公园，更为重要的是为温江人提供了生活新方式。

作家杨桃在《人民日报海外版》发表的《鲁家滩前白鹭飞》里就写道：一年四季，我都会在周末去鲁家滩跑步。观一滩春水，刺破冰封的河流；在"蝉噪林逾静"的绿荫树下聆听夏日声音，满载一船星辉，在鲁家滩夏日夜色朦胧的神秘里缓缓隐没；在秋风萧瑟之际，想要撑一叶扁舟，在鲁家滩前铺开的秋景画卷中静静徜徉……

2022年1月4日，李永康在《成都日报》发表了《诗情画意鲁家滩》一文，他这样描述鲁家滩：

我无数次到过鲁家滩。每一次，当我急切地打算穿过那片树林时，心情即刻宁静下来。如果说把"北林"比作温江的一块碧玉，而眼前就是一个碧玉盘盛着的深色翡翠呀。我脑子里莫名冒出——湖光迷翡翠，草色醉蜻蜓的诗句。此诗出自何处不重要，与眼前的情景符不符合也没有多大的关系。情由景生，以景逸情，相望于湖，言语倒多余了。湖面倒映着树的绿，树的绿意秀丽着水的姿容，湖水的色彩由深到浅，晕染云朵。往湖心看，映着天光的部分，色彩更淡一些，有几只白鹭在嬉戏觅食，不时在水面上划着圈，涟漪一波一波地慢慢扩展开来，不知道在暗示着什么。我甚至这样想，那句在成都地区流传多年的赞美温江的话："川西明珠金温江"，很有可能就是从鲁家滩得来的灵感。

李永康有一次和作家曾颖、羊慧明等在雨中游览鲁家滩，写下了《微雨游鲁家滩》：

微雨驱车鲁家滩，记忆深处五味翻。

当年还是水凼凼，何日江南巧搬迁？

湖面如绸影着色，白鹭亮翅上青天。

芭茅摇曳似迎客，狗尾垂珠内心欢。

但闻人语不见人，薄雾如纱挂树巅。

闲庭信步频拍照，朋友分享如近观。

景色不美人不去，人多又觉心难安。

世事从来无绝对，好坏犹在一念间。

心静处处得佳境，浮生几许半日闲？

堪效陶潜夫子意，欲出樊笼返自然。

这首诗发表在2021年第8期的《草堂》诗刊上。鲁家滩在诗人马宗山的笔下，也是有别样的风采。《晚霞》杂志在2021年第13期发表了他的《立夏游鲁家滩湿地公园二首》：

绿叶青霄映碧滩，长堤弥望影千般。

繁花试问归何处？雀鸟纷言不得闲。


车流宛转杂人流，紫燕穿云白露游。

老叟将心悬碧水，轻竿独立钓晴柔。

你看，在鲁家滩这个湿地公园，人们所感受的正是幸福田园生活了。

"欢迎到郫都来；我们这有美景，还有美酒与美食。"水哥这样跟我推荐了许多回。我都没有走进郫都，当然这背后的原因多多。有时是因为临时有事，有时又是因为别的缘故，没能应约而至。对此，水哥还真有点儿意见。

这一次，终于成行。水哥带我去三道堰。这个中国最美的小镇，我在不少旅游杂志上看到过，却未曾亲自去体验，不能不说是有点遗憾。水哥先带我到青杠村。原来我以为只是一个旅游村，岂知这里不仅风景漂亮，还有着浓郁的川西乡村的氛围，竹林盘当中，可见一家家农院，别有风姿，让我想起在江南水乡的行脚。

从村子里出来，我们舍弃了车子，干脆步行去三道堰。一路上，水哥跟我说："你来了，肯定不会失望。"水哥做事诚恳、认真，他说的话有理由让人相信。春天的田园铺展开来，油菜花刚刚成为过去式，却还是让人想起花开的风景。

我们来到堰桥广场，这里聚集着三三两两的人群，有一些小朋友在河畔耍水。于是，水哥给我介绍三道堰文化，三道堰这个名字，最早可以追溯到古蜀时期。当年，望帝和丛帝在柏条河治水期间，在此地用竹篓截水做成三道相距很近的堰头，导水灌田，因此名为"三道堰"。但也有人说"三道堰"应该是"三导堰"就是"三道导水堰"，其实不管叫什么都可看到这里有悠久的水文化。走上桥来，看着桥栏两边对古镇的介绍，更是让人为此心醉。

小镇面积不大，随意走走，就大致了解古镇的风貌。三道堰是因水而生的乡镇，随着交通的变革，水上行走已经渐渐成为久远的记忆。小镇看上去虽然少了从前的繁华，却保留了古镇的味道：烟火气、文化味，在这里得到很好地体验。水哥边走边和我说起古镇的过往。确实，如果进行大量的商业开放，可能古镇就被破坏了。三道堰的新建筑在古镇的周边建设，这样的保护方式，比拆了老建筑再建仿古建筑，要有意思得多，也更能体现古镇的"古味"。

在小镇里闲逛，最易看出这里的风情。在柏条河的河边看到一家小书店，且取名：古镇雅集，进去观书，意外地收获了许多久觅而不得的地方文献。自然爽快拿下。店主冯老师介绍自己的淘书经历，现在没有精力阅读了，就在这里开一家小店，卖些旧书——这些当然是他的旧藏。水哥看着淘书有乐，就说："我们在这吃茶吧。"

书店的外面，也就是在河边上，有两三张遮阳伞，伞下有桌椅，有几个人在那里吃茶聊天。我们也走过去，还没有落座。水哥就赶紧招呼我给一位老者打招呼："这是孙宗烈先生，作家，土生土长的三道堰人。"孙先生也站了起来，跟水哥握手，我也过去。刚好冯老师说："我这里还有孙先生的作品《码头：三道堰佚史》，不少读者逛了古镇，在书店里都会买这本书，了解了解古镇历史。"正巧作者在，无意间就让我的签名本收藏专题多了一种签名本。这也是让人愉快的事。我去书店取了书来，找出签字笔，恭敬地请孙先生签名。

我们坐下来吃茶。还想听一听孙先生摆一摆三道堰的老龙门阵。但不巧的是，孙先生有事先离开了。水哥看我高兴，就说这古镇还有一家旧书店，不过比不上这一家。

　　吃过两泡茶，跟冯老师打一声招呼就去寻觅另一家旧书店。果不其然，这家店除了旧书之外，还有字画、杂件之类的。看上去有点儿乱。随意选了册书就继续在河边吃茶。

　　三道堰的美食值得称道，比如苗苗鱼火锅就很有特色。在成都我曾去过一家这样的火锅店，正好可以比较他们的差异。店就在商业街上，幸好预订了位置，否则非排队不可。店老板跟水哥是老熟人了。我们坐下来，他就过来搭话。水哥熟悉点了几样河鲜，"我们每样都点下，尝尝这儿的味道。"鱼火锅看上去多少都有些相似，但河鲜的鲜、嫩才是这里的特色。品尝了几味河鲜之后，不禁让人为这美味叫好。

　　下午时光，我们就坐在河边吃茶、聊天，天南海北，从水说到河流，说到水文化，像三道堰这样的小镇，锦绣而不失魅力，也很少见。在《兴化八镇》一书中，费振忠先生对古镇的开发与利用提出了真知灼见。在他看来，古镇的保护与开发应该是有机地统一在一起，而不是顾此失彼的关系。像三道堰的保护与开发，与他的理念不谋而合。确实，我们看过太多的古镇，尽管很热闹，但过于商业化，让古镇的文化和传统无形中丢失了，真是得不偿失。

　　这样的下午，真是再美好不过了。

# 冬到梨花溪

## 一

2024年第一次来到新津区，梨花溪的梨花还没有开。

其实，十多年前就来过梨花溪。那是春天的时候，四川省小小说学会与新津县作家协会联合推出的征文。当时过来有不少作家。依稀记得有石鸣、李永康、周仁聪等等，成都周边的小小说作家几乎悉数到场。那次的活动很闹热，在梨花树下、想一想就觉得是很美的事。

梨花溪，一条不甚宽广的溪流，因梨花而得名。这次到梨花溪，看见百年的老梨树，却没有看见溪流。

已经有很多年没有来梨花溪看梨花了。来不来看梨花，梨花都在那里。所以，这个冬天，没有看见梨花，也没有关系。但我留意到，梨花树下的荠菜正在疯狂生长，有的已经开花。

印象中，成都的荠菜是在春节前后才开花的。在梨花溪，有一个名为"古梨园灯谜"的地方，想来是新津灯谜活动的区域，因为时间关系，也没有走进去看看。

在这梨花溪，与梨花相关的景点多多。此刻，却只能想象梨花的美好。如果写《中华田园》的诗人许岚来到这里，会怎样吟哦这里的梨花？如果郫都区作家协会主席李志能来到这里，是不是会想起一桌梨花宴米呢？

这种想象，也是让人醉了。文朋诗友们面对着一棵棵梨树，想起的是梨花的栽种。据说这儿的梨花是来自广元的苍溪县。这就让我想起了出生于苍溪县的作家骆驼来——有一年，我们一起来这里欣赏梨花。跟他如此的雅事再也不会有了，他已经离开了一年时间了。

冬到梨花溪，即便是只能看看梨树，却也还是给人许多的想象与美好。

## 二

到新津，最让人津津乐道的是水文化。河流山川在这里汇集，成就了这座水城。比如这里的通济堰，就古今闻名。

当然，新津的美食与水资源也有着密切的关系。丰富的水产，也为美食打开了一扇窗。

1月6日下午，新津罕见地出现阳光。在新津，看生态变迁，就要看一看白鹤滩国家湿地公园。公园很大，用当地的朋友的话说，走一天也走不完。我们坐着观光车在公园里，走走，看看，也还是花了差不多一个小时的时间。

在白鹤滩，可体验一站式散步。对我来说，这里更适宜行脚，不必有什么目的性，慢慢打量，就可看到些许的风景。

公园由芦苇、水域、绿道、栈道汇聚在一起。大片大片的芦苇，绕过一段路就多了一段风景。在我的故乡，也有这般的芦苇荡，却没有这般的茂盛，这也是得水利之便吧。

看着这野生的芦苇，自然有几分惊喜。天府艺术公园的迎桂湖边也有些芦苇，与此地的相比，纤细，也是有不小的差距。

虽然公园名为白鹤滩，我却没有看见白鹤。倒是在路边时常可看见这样那样的鸟儿的介绍，有一些鸟儿看上去是那么的熟悉，但看一下介绍，又是陌生的。在这个公园里，甚至还有一个高约二三十米的观鸟塔。我没有到塔上去瞧瞧这朴素、自然的景观。

一行人在公园里随意走走，也是挺好的事儿。后来在河边，看见一群群野鸭，由于距离太远，只适宜于旁观。这也可看出新津的生态环境是怎样的好。

时不时与同行的人交流几句关于公园的话题，倒也让这种漫游多了趣味。在公园里，也遇到漫游者、骑车者，这里也适宜露营。

新津的公园有多少个，我未曾细数。像白鹤滩这样的公园，应该也还是有好几处的吧。大家在路上说说笑笑，当地的文友则介绍白鹤滩的一些情况，让我对这个公园多了兴趣。如果时间再多一些的话，也许可在公园里多逛一逛的。那么，所看到的风景也就更为丰富的吧。

然而，这次随兴的漫游，也似乎已经足够。在公园里漫游，无所事事，走到哪里是哪里。这种闲散的状态在都市生活中，很显然是一种上品生活了。

我没有去打听当地的文友是不是时常来这里打望、观察，记录这个公园的变迁。如果这样记录的话，也许可让我们读到类似于《瓦尔登湖》般的故事吧。

三

坐落在田园上的宝墩遗址，我去看过一回。那是前两年的春节期间，在田野上看见这座博物馆，让人觉得讶异：想不到在这平原之上，有古蜀先民在这里生活，现在来看，留下的痕迹已经不多，却给人以想象。如果不是考古发现，就不会觉得这里还留下这么多的古蜀遗存。

朋友在安西镇开了家名为字里行间的书店。每年，我跟几位朋友都会到这里聚聚，看看宝墩遗址，聊聊书人书事，或来一场在地的漫游，都是很惬意的事。通过这样的漫游，让我对身边的事物多了些认知。

当然，在新津，可游逛的内容还有很多。现代的天府农博园、观音寺的壁画、老君山、修觉山、南河、纯阳观……想一想杜甫、苏东坡等人在此地路过，留下的诗句。如陆游的"新津渡头船欲开，山亭准拟把离杯。不如意事十八九，正用此时风雨来。"反倒是今天的游客，走过路过的地方不少，却只留下朋友圈的几帧照片，文字就难得留下来了。今天的诗意，与古时的诗意，应该是相去不远。但今天的直白表达，却与诗意隔了段距离。

且不去管他，就像在梨花溪，即使此刻看不见一朵梨花，却也抵挡不了诗意在内心的涌现。外在的风景，与内在的世界，在此融合，也就有了新趣味吧。

新津的格调，不经意间就在这一山一水、一草一木间呈现了出来。

2024年1月11日

　　我家在成都的北三环。因是高楼，站在我家的阳台上，天气晴好的话，往西边看去，就能看见西岭雪山或者四姑娘山的幺妹峰。过去，没有那么细分成都西部的山丘，就统一称为"西山"，这虽然很简洁，却丢掉了它们的层峦叠嶂与个性。在摄影师看来，每一座山都是可以被命名的。西岭雪山最早叫雪宝顶，海拔5364米，后来因老杜的一句"窗含西岭千秋雪"而改名。这当然会让这座山更具有个性。

　　我去过大邑的次数不少，常常是参加完活动就离开了，难以长期停留下来，在乡镇上漫游（不少地方也还是想去探查一番），故而也还是错过许多的风景。西岭雪山，我还没去过，虽然到过山下的西岭镇（过去叫双河场）有两次。一次是大邑县评审美食类的非遗，我跟着专家去品尝美食，再一次是朋友约着去大邑的斜源吃柴火鸡，在斜源没吃上就开车跑到西岭镇上的一家店去吃。晚上又匆匆忙忙地坐车到大邑快铁站赶回成都……虽然两次的到访在西岭雪山的山脚下，却还是没到过雪山之上。我知道这是我跟雪山的缘分还没有到的缘故。

　　在镇子的景云桥旁边有一块一人多高的石头，上书"西岭镇"三个字，竖写，是书法家刘奇晋的题字。去小飞水景区的路，是从镇子边上拐过去。小飞水，其实就是一处瀑布，其位置是在高店村（大飞水则位于飞水村）。车子在山脚的停车场停下，下车就远远地看见瀑布挂在山间。这场景，不意外。成都的一些山地景区，如大台山、川西竹海等，常常可见大小不一的瀑布，当然瀑布的大小跟雨季有着密切的关系。

远看小飞水，水量并不是很大。待沿着山路往上行，距离越来越近，就听见水从山巅跌落下来的声音，且是愈来愈大，瀑布的落差有150米，在山下早已形成了一条溪流。在瀑布下面的开阔处，有着"禁止露营"的标识，在靠近山体的一侧，还凌乱地摆着一些烧烤设施。想来在过去这里也是时常有游客来此露营、烧烤的吧。只是我们到来之时，并没有看到这般景象而已。

在山路的拐弯处，有一个浅水滩，水流过路面，几位游客在此赤脚戏水，旁边有树木搭成的简易木桥，可以沿着这木桥走到对面，一直到山的深处去。但那里又有怎样的风景，却是不得而知的。有风时不时吹过来，瀑布的水雾就飘散过来，带来了些许凉意。我站在山路边边上，用手机拍下瀑布的视频。同行的记者对着瀑布长枪短炮式的狂拍，显得有点儿夸张。

小飞水没有在西岭雪山景区之内，也是个景区，却显得有些原始，并没有设置观景台之类的地方，故每个人都可以站在瀑布的下面，选择不同的角度观察、拍照。这种自由度很大的观察，确实比某一个点位观察更有趣味一些，也更具野性。难怪诗人银莲刚刚看到这场景就已赋诗一首，让人叹服她写诗的速度与深度，真是又快又好，且是关键词把握得极好，呈现出小飞水应有的景致。

当地的朋友介绍说，这小飞水是很早就有的。20世纪八九十年代，为了满足经济建设和群众生产生活用电需求，大邑县相继春坪电站、小飞水联办三级电站、水柴溪电站等小水电站。这些水电站梯级引水发电后，河道水流逐渐减少，以至于西岭雪山大飞水、小飞水瀑布等"千年飞瀑"的景致逐渐消失，不少曾看到过它们的游客到西岭雪山还会时常打听相关的情况。2020年，大邑县委县政府成立了西岭雪山生态保护修复领导小组，大力实施了西岭雪山生态保护修复工程。2021年，大邑县结合省市政策要求《大邑县大熊猫国家公园小水电清理退出工作实施方案》，全面关停大熊猫国家公园范围内18座小水电站。出乎人们意料的是，小飞水又回来了。值得关注的是，这里的动植物也有了新变化：大熊猫国家公园大邑区域内有2063种（含变种）高等植物和367种脊椎动物，其中国家一级重点保护野生植物红豆杉等5种；二级重点保护野生植物连香树等8种；大熊猫等国家一级重点保护野生动物8种，猕猴等国家二级重点保护野生动物37种，是同时拥有大熊猫、雪豹双旗舰保护物种的区域之一。这就得益于近年来自然生态的改变。

生态保护，这个词似乎是专门为小飞水而准备的。如果还是保留那些水电站，也许我们今天就难以看得这种景象了。在大邑，生态改变的还有社会经济，比如斜源小镇在关闭了煤矿之后，成了网红打卡点，成了"成都小丽江"。但仅仅是这样，生态自然的乡村经济，似乎也难以让乡村走上振兴之路，那就得考虑在生态这方面做文章了。但不妨打造小飞水瀑布生态体验场景，以此实现生态价值的有效转化。这让我想起"乡创"，小飞水可通过新思路去发展，让这里成为西岭镇的一个新的打卡点。

从小飞水下来，车子原路返回，我们来到了镇上。这里已成为新型场镇。老街、小巷虽然传统，也有了现代风格。镇上有《西岭颂》云："老屋新辉相映趣，朱藤嘉植作攀缠。百年独树叶投渊，走客临溪唤杜鹃。宠接斜阳光炫露，潜升仲月梦邮笺。山人此处舣翻雪，子美何方夜泊船。楚鬓丽人舒广袖，汉风唐韵衬雕栏。"在此漫步，可感受到雪山下的公园小镇的魅力。

因为时间关系，这次我们就没有去大飞水一探究竟。想来，这大飞水应该是比小飞水壮观才是。我从网上找来大飞水的信息，为以后再去大飞水做一些准备吧。作家杨刚祥就出生在这里，他写了一部《西岭雪山的传说》，在书里他讲述了大飞水，却没有专门介绍小飞水。也许在他看来，小飞水在气势与魅力上是不能相提并论的。不过，看看这小飞水，就已经感受到自然赋予的想象：风景就在那里，人与自然的相处是微妙的。

2024年9月16日

城市生活尽管节奏在不断地加快，也在日趋多元化，由于生态环境趋于良好，各种动植物能和谐地共生在一个城市，是城市的福气。恰如印度总理英迪拉·甘地所说："一个国家的伟大和道德进步程度，可视其如何对待动物来衡量。"就成都这座城来说，野生鸟类更加丰富。截至2009年3月，成都市野生鸟类数量达390种，比2005年调查的增加125种。

诗人张新泉有首诗写道：最爱看你们用嘴/相互挠痒痒/那么尽心，那么陶醉。他写的是两只鸟。在成都，我们曾经感叹鸟类越来越少了，除了养的之外。事实上，全不是那么回事，不妨让我们走进鸟类的飞翔空间。

## 人与鸟儿的相处

鸟儿的生活习性不同，也就决定了它们的不同生活方式，但从人与鸟相处的生活环境来说，是有着不断的演进，有时也难免发生像把麻雀作为"四害"之一而除之的怪事。但鸟文化一直与传统文化相始终。先是人们出于对鸟类的崇拜，将它们奉为部落氏族的图腾，把鸟类这种普通生物神化。随后在文化作品中频繁出现鸟类的记录，同时，鸟作为人类眼中离天（也就是他们想象中的神灵所在地）最近的一种生物，便最先成为一种信息载体，也就是占卜物。

在熊猫基地、人民公园高耸的树林里，能清晰听到白头鹎传出的嘹亮、婉转"歌鸣"。成群的白头鹎或在林间，或在广场绿地扑翅穿越，一片悠然自得。在府南河绿地，白头鹎低旋在草坪，旋即又隐藏到丛林深处，好像故意在同人们"捣蛋"。这样的生活场景总让人想起诗人杜甫笔下的诗句："江碧鸟逾白，山青花欲燃。"

由于城市植物多样性搭配，使鸟类也找到了在城市生活的乐趣。成都观鸟会时常进行的观鸟活动，对成都鸟类活动"全记录"让我们见证了鸟类的生活轨迹：

美丽的自然和跳跃的生命在镜头的那端延伸，那些优美的曲线和绚丽的色彩，以及四外袭来的天籁让人沉浸其中不能自拔，在这个飞翔的世界，有着多少不为人知的故事……

鸟类的飞翔带给我们的是遐思，也有着对我们居住环境的关注。是的，没有生态多样性的改善，它们对城市的"选择权"可能会大打折扣。这就像人类对居住环境的不懈追求是向往生活完美一样。

不少环保人士认为，鸟类是大自然的重要组成部分，也是人类生活中不可缺少的朋友，人们在紧张的工作之余，聆听鸟儿动听的歌唱、观赏鸟儿多彩的羽色和美妙的姿态，能够调剂生活，陶冶情操，给予人们一种轻松愉快的自然享受，而部分中国人把鸟儿关在笼中来满足自私的观赏欲望是非常不"鸟"道的事情。

而作为休闲活动，观鸟在英国和北欧国家兴起已经有100多年。观鸟活动不仅可以增长知识，还由于其所处的环境及大量的徒步，成为一种健身活动。每逢假日，人们便相约而行，前往户外观赏野鸟。英国、丹麦、瑞典、法国、德国等国家每年都有数百万人观鸟；美国全年有400万人次观鸟或进行观鸟旅游，其人数超过狩猎、钓鱼、高尔夫运动，成为仅次于园艺的第二大户外运动。

## 鸟儿喜欢城市生活

紫翅椋鸟、太平鸟、彩鹬、乌雕、林雕、反嘴鹬、白头鹎、白颊噪鹛、白鹳鸰、珠颈斑鸠、蓝歌鸲、大麻鳽、水雉、白眉鸭、花脸鸭、针尾鸭……

在成都的浣花溪公园、青龙湖、百花潭公园、四川大学、东湖公园，都有不少鸟类出现。成都观鸟会理事长沈尤介绍说，成都野生鸟类在市区可见260余种，终年常见或季节性常见的有100余种。成都市区最常见的鸟类有白鹭、白头鹎、红头长尾山雀等。像白鹭更是时常在锦江上翩翩起舞，麻雀、斑鸠、鹰也不是稀罕之物，它们时常在林木间歌唱，或者不经意地从天空掠过。时常有鸟鸣的城市，令平凡的都市生活多了一些生气。如果要用"软实力"来表现一个城市的美好，而鸟类一定是加分不少的，因为它们的增多，正是说明了城市生态的不断改善，除了钢筋混凝土的建筑之外，至少我们还能拥有另外的一种生活。

鸟语花香，在这样的城市生活着，也就无意中多一些诗意。作为居家生活，我们不可否认，鸟类的生活空间尽管由于习性的差异对居住也有着不同的需求，却不像人类要求得那么严格，房子一定是大房，装修一定是豪华，一切以适宜为主，这也决定了鸟类跟人类一样把城市看作栖息地。

事实上，由于城市生态环境的改善，比如女贞树的大量栽植，为以女贞果为食的低山种鸟类白头翁提供了足够的生存空间，它们的种群数量占据了成都的"半壁江山"，包括红头长尾山雀、白颊噪眉和麻雀被列为成都目前的优势鸟类。

不过，以谷物、杂草为主食的麻雀已经很难在城市公共绿地觅到食物，同时，它们喜欢安家屋檐的生活习性也因为高楼大厦的林立变得不再可能。为了更好地生存下去，它们开始远离城市。

## 鸟的归宿是原生态

城市景观园林在今天建设得越来越美丽，不仅仅是一处处景观，在一定程度上成为鸟类的乐园。但由于许多园林只注重景观效果，往往忽略了鸟类的生存需求，这样一来，鸟类对城市的"热爱度"必然有所下降。因此，鸟类专家建言，在园林建设中，应多采用乔灌草结合，增大植物群落的物种多样性，适当保留地面落叶层，增强地被对鸟类的吸引力，保留并扩张园林中的浅水区域，为鸟类提供安全的饮水和洗浴场地。

城市化不仅改变了人类的生活方式，也对鸟类造成了很大影响。德国科学家甚至发现，城市生活的吸引力不仅改变了鸟类的行为，也改变了它们的基因。

鸟类更习惯于在自己熟悉的生活环境中生活，这不仅是因为习性使然，更带有鸟类的生存天性。但随着城市化的进程，鸟类也许更乐意生活在一个"自由"的地方。

成都观鸟会的负责人表示，近两年来，曾在蓉城几乎绝迹的白鹭、麻雀、喜鹊等鸟类纷纷回归，目前，成都共有265种野生鸟类扎根，与20年前相比，新增加24种。在城区繁殖的野生鸟类约有83种，其中留鸟46种，夏候鸟27种；另有冬候鸟73种，旅鸟109种。只有城市的环境逐步改善了，才能令鸟类们留下来。

有研究资料显示，成都是四川候鸟迁徙的中转站，在成都周边上空行进的这支候鸟迁徙大军，如同众多外地游客，不少也会"来了就不想离开"。这个水草肥美之地是歇脚、补充食物、养精蓄锐的理想场所，有的甚至在城市周边或郊区"借宿"一个多月，直到再也无法忍受日益逼近的寒冷，才恋恋不舍地挥动翅膀。也许，对许多鸟儿来说，城市不过是它们生活的一个驿站，从这里回归到最原生态的生活当中才是最重要的。

淮
州
散
记

## 沱江的气势

一江水从都江堰而出，河道间有变化，终究汇集成沱江，进入金堂地界，水势平缓，进入峡谷后，江水就变得湍急起来。在沱江边行走，感受到山川与水流的相遇，产生出奇妙的感觉。有一天，我站在郫都的沱江河边，看着水势低缓的流水，才知两条江河的差异，不只是地形的变化，也还有着河流的势力，带给人的是遐思，是逝者如斯夫的味道。

站在古籍里来审视沱江，也就特别有意思，比如《诗经》说"江有沱"，《禹贡》则说"东别有沱"。我在《沱江志》里企图寻找到沱江的每一段故事。然而，不管以怎样的方式来看沱江，大都是指从金堂开始，才有了沱江之实。那么，流经淮口的沱江，虽然只是一段，却因有了实，更有了现实意义。

一度，我对河流特别感兴趣，也曾拍下些河流的照片。确切地说，流水，看上去并不是特别的风景，偶尔的浪花、漩涡，平缓的流水，也许只是表象，水底的风景却是未知的。这都只是河流的一种表达。但看得多了，也就有些许心得：人与河流一样，要经历种种挫折、风雨、波澜，才能见识到平凡之美。

每一条江河都有自己的气势。沱江的气势，并不在于宏大叙事，而是以山川河流汇聚而成的气韵，绵远悠长。过淮口之后，沱江才崭露头角。它从容地行过，那些自然风物在江的两岸铺展开来，站在桥上看这江水，总是给人一种安宁之感。当我们看过了许多的风雨，就会羡慕这样的景致。

## 明月峡的思绪

沱江小三峡的名头一直很响亮，我也一直想到金堂去看看，它们到底奇特在何处。从金堂县城出发，沿着沱江行走，先进入鳖灵峡，这自然是要追溯到古蜀时代。在江岸有雕像，记录着这一段历史。随后进入明月峡。此段沱江绕云顶山而行，迂回间犹如一弯新月。这里虽然仅有六公里，却是有着两山夹着峡谷的风貌。沿着沱江而行，即可抵达云顶山。当然，要看到明月峡的全貌，也只有航拍才能看到了。

嘉庆六年（1801），浙江人郑兰任金堂县典史，他有诗句写明月峡："一水沱湔合，双峰大小分。"这写出了峡谷的地理环境，而这明月峡中还"有三皇滩、走马滩、哈蟆滩、半边滩等乱石交错，江水奔突而过，涛声隆隆，船行峡中，时上时下，颇为惊险"，同行的朋友介绍着明月峡，若是看这江面，真是不知这些老地名的由来。

这个明月峡，引人遐想。我甚至想到了蜀道上的明月峡，栈道是过去的主道。这峡谷与其相比，惊险就少了些。历来写金堂峡的文人不少，但记录明月峡的就少了些。比如曾穆如在《金船》：曾来峡口舣金船，鹤驭重归事已仙。留得一篙明月在，中流不系锁寒烟。陈顺时亦有诗云：仙人环珮杳依稀，峡口金船舣钓矶。犹是旧时山上月，不知曾载几人归。随着交通的改变，沱江也早已不通航，这记录就成了历史的见证。

在明月峡，我虽然未曾与明月相遇，却看到了历史的镜像。

## 龚家山的民俗

淮口镇也有山有水，如云顶山、龚家山。第一次去龚家山，是和作家游宏参加"年猪"民俗节活动。这几年，成都周边的乡镇，都在着力挖掘地方文化，突出本地特色。但要做到这一步并不是很容易的事。川西坝子上的乡场，数量虽然多，风俗相近者也极多，差别只在细微之间。这种差别就构成了地方特色。

这龚家山的"年猪"活动，选在腊八节。我们到的时候，陆续有嘉宾到来，龚家山属于丘陵地带，这个时节感觉比城里还是要冷一些。坐在户外，喝一杯茶，就随意走走看看。随后，开始杀年猪——藏香猪。这场景，让我记起小时候看杀猪的情形。每年的春节前，村里总是要杀猪过节的，几家人杀一头猪，也就够了。在杀猪的旁边已经有腊肉、风干鸡挂了起来，问了下价格，不算贵。

我没有走近杀年猪的现场，只是远远地看着。游老师虽然是新都人，但似乎很少看见这场面，所以不停地用手机拍照。这几年，也参加过不同乡村的杀年猪活动，感受到不同的文化氛围。这龚家山的杀年猪，与成都东山客家人的杀年猪的习俗有些相近。这也就预示着进入过新年的节奏。

中午，自然是要招待客人。参加民俗活动的多是本地人，游老师和我算是外地人，自然就被分配在不同的餐桌。菜就是地道的土家菜，没有那么多的讲究，但对于我来说，正好凭借这样的机会，体验龚家山的民俗。也许是吃饭时间有点晚，所以菜刚上桌，就被众人抢了一空。

下午，李刚明兄带着我们在龚家山漫游，讲述这座山的故事。站在观景平台上，可眺望沱江、金堂县城，但因云雾缭绕，看不真切。确实，很多跟乡土有关的故事，只有当地人才清楚一二，像我们这样的走马观花，也只是了解个大概吧。

从龚家山返程的路上，游老师说："下次有这样的民俗活动，一定通知我。我给你当'司机'。"我答应了下来，期待着再次到龚家山寻访民俗。

## 漂洋过海的橄榄树

在龚家山，遇见一株千年的橄榄树。让我觉得意外而又惊喜。这树是从利比里亚半岛西班牙引进的，距今已有2500年的历史，几乎与成都城一样的古老。这作为景观的橄榄树，漂洋过海来到金堂，应该是有着丰富多彩的故事。这是我第一次看见橄榄树，也还是忍不住绕树走了一圈，它在无言地讲述着历史。如果我没有猜错的话，这橄榄树也是成都最为古老的一棵树。

在龚家山打造一个橄榄树公园，这想法真的不错。不过，观赏树木是一种方式，而这面积多达7万亩的油橄榄树，带给金堂的还是经济价值。在树下，还种植了金堂明参、贡薯，这种尝试，是绿色所带来的创新。

地球村的概念已经说了许多年，植物的跨地区出现，是毫不奇怪的事情。只要有合适的土壤和环境，它们都能存活、生长。在我们的身边，这样的植物出现的频率越来越多。成都人将具有经济价值的果树、植物引进，并成为经济增长的一部分，这种理念是先进的，也包含着植物的进化。从晋希天引进水蜜桃到龙泉山，就开始了龙泉山的蜕变——金山银山，有时就是绿水青山。看着这龚家山引进的橄榄树，让我感慨良多。

在龚家山，看橄榄树，回顾这里的历史，以及未来的展望。确实，在乡村振兴的路上，有时不需那么多的构想，而是需要脚踏实地、因地制宜地践行，也就能有看得见的未来。

## 云顶山怀古

云顶山的名气很大。尤其是抗元历史上的"川中八柱"，让其知名度大增。胡开全说：云顶山"为龙泉山著名高峰（海拔975米）。云顶山古称石城山，至唐代改名云顶，又称慈云或紫云，为川西名山，是龙泉山历史文化积淀最丰厚的点位。"我是先看薛玉树先生的《云顶山记》，再到访云顶山的。

今日所看到的云顶城，却已是有斑驳的历史痕迹。在城墙上走一走，想象着冷兵器时代的战争，距今已经是很遥远了。那些故事，也已成为陈迹。不免想起陈钧的《再宿云顶寺》：独游云顶寺，高卧石城巅。夜月依然近，清光分外圆。片云随倦鹤，孤树恋愁鹃。畅好登临兴，襟怀亦爽然。石头城还是那座石头城，战火早已远离，人们的生活变得祥和起来。今天再去追寻往事，其实也是启迪我们：珍惜当下的生活，它固然不完美，却是我们正在经历的。

沿着石阶在山间走走，感受到自然清新的气息。这云顶山是龙泉山的一部分，可眺望沱江，感受到自然生态的韵味。

云顶晴岚，曾是金堂县老八景之一。嘉庆版《金堂县志》这样描绘云顶山："凡曲涧香泉、珍禽异卉，清心而娱目者，笔难罄绘。匪特境内名山，直可为西川之胜迹也。遥望奇峰插汉，霞卷云飞，岚翠欲滴，令人作海外三山想。"我到云顶山的时间真是不巧，虽然天气晴朗，却并没有留意到"晴岚"的存在。只能默念金堂人陈一沺写这种景象的诗句："朝看云顶云，晨霞灿楼阁。暮看云顶云，夕阳动林薄。云散露空青，云归失岩壑。缅彼山中居，岚光满村落。"

云顶山尚未进行更多的商业开发，这也保持着一份朴素、原始的风貌。相比于那些名山大川，这云顶山就低调了许多，却有着文化内涵。

## 淮州机场里的小旅行

阿兰·德波顿有本书叫《机场里的小旅行》。机场原本只是旅行中的过渡性空间，发生的不过是"出发"与"抵达"，但在作者的眼中，却成了一个综合各种文化面貌的博物馆。相比较而言，位于淮州新城的淮州机场，就没有那么丰富的"文化面貌"。作为通用航空的一种，它对金堂的影响却是非同一般的。

我到淮州机场参观时，先是过安检，因事先与机场有沟通，每个人发一个参观证，就可过安检进去。我留意到这里也有航空文化的介绍，简略而清晰，尤其是机场落户于淮州新城，就更凸显出了这个区位的重要性。穿过办公楼，就看见停机坪上停着几架小型的飞机。我们站在围栏外面，解说员介绍这些飞机的特色，以及淮州机场的通航范围。这也加深了我对通航机场的认知：在救援、农林喷洒等方面都有不可替代的作用。当然，这里也可进行飞行培训，这就使得更多的人群拿到飞行驾照，实现飞行的梦想。大家互相开着玩笑："有时间考个驾照，以后就多了一项技能。"

很显然，通用航空的机场面积，比民航机场要小得多，不只是地方小，就连飞机也是小飞机。虽然外面没有去感受下飞行体验，只是在此拍照打卡，这是很难详细了解机场的内在肌理——大多数参观者也都只是对拍照感兴趣罢了。

在淮州机场匆匆看了一下，感受到这个地方的新变化，所谓的机场小旅行也就此完成。

第三辑

　　去人民公园的鹤鸣茶社喝茶，常常要路过祠堂街。1992年版的《成都城区街名通览》说："东起东城根南街、半边桥北街交会处接西御街，西止人民公园大门西侧与少城路中部相连。"这不过是20多年的光景，少城路还在，半边桥北街却在城市改造中消失了。"街内多临街一楼一底商业用房。南侧人民公园，北侧有四川电影院、四川美术社等。通行3、4路电车。"此段商业用房还在，却早已换了店家，如今是食肆林立。至于电车已是消失风景，公交车倒是时常从此路过。

　　倘若我们把镜头再拉远一些，康熙五十七年（1718年），八旗官兵曾为年羹尧建生祠于此，祠堂街即因此得名。清代为满城的喇嘛胡同，亦名蒙古胡同。原来是满城中之东西通道，东口原有满城之御街小东门。再就是进入民国时期。祠堂街是成都的文化街，皆因它的旁边就是人民公园。这里也是成都的书店街。这些书店在少城公园大门两侧和对面，1937年至1949年，就有书店183家（另有文具店34家），经常保持的有40家到60家，其中的成都战时出版社、生活书店、三联书店、开明书店、北新书店、儿童书店、联营书店等，是被进步力量把持着。

康寿在《成都联营书店》说，此书店位于祠堂街孝天大楼之下，它的左侧与背后，是警察分局。尽管如此，书店还是从事革命文化宣传。"书店的铺面比较宽深，估计在80平方米左右，后半部约占1/4的面积之上又搭了一个小楼，用以办理批发邮购业务，兼做经理、会计的办公所。铺面两侧两米多高的书架和中间的书台上，陈列了上万册的书籍。"书籍的种类包括小说、诗歌、散文、戏剧、政治经济、哲学理论著作等等。书店在夹缝中生存，似很容易想象当时的经营状况。

除了这些书店，还有青莪书社、钟山书店、文化书局。人文社、东方书社、大陆书局、龙山书局、二二五、大华书局、提拔书局、更生书店、自立书店、普益协社、百新书局、文通书局等。在祠堂街138号，巴金的大哥李尧枚创办的"启明书店"还曾出售过上海出版的新小说。尽管在政治立场上不同，各色人等在此可以买到相应的书，也是难得的事。

在20世纪的三四十年代，这里是中共地下党革命活动的重要据点。有关史料记载，中共中央南方局、四川省委、成都市委先后在此建立七个支部及秘密联络点、交通站，广泛开展各种活动。此外，这里还有《新华日报》成都分馆、大声社、群力社、星芒社、《战时学生旬刊》等社团报刊的发行地。

车耀先为掩护革命活动而开设的"努力餐"也是设在这条街上的137号（最早开在三桥南街），其所办的《大声周刊》是在这里出刊。不过，唐友耕后人唐劳绮认为，《大声周刊》的办刊地点是在唐友耕留下的唐家花园，此地在文庙街附近。当时，唐劳绮的父亲唐孟桓倾向于革命，与进步人士多有来往，似也有这种可能。后来，唐家花园卖出部分给学者唐振常家，这个"唐"却与唐友耕无关，但在成都人的记忆里却搞混了。不管怎样，各种势力都在这里争夺，那是看不见硝烟的文化战场。

祠堂街不仅是文化街，也还有不少的食肆，如著名的餐馆聚丰园曾在祠堂街开过一段时间，春风一醉楼和1940年代成都风味小吃的"四朵金花"之一的邱佛子，就开在这里，其价廉物美是特色，豆花小菜饭，那是一绝。此外，桃花园、静宁饭店都是开在人民公园里的餐馆。

这里不能不提四川电影院，它是1949年后的成都著名的八大电影院之一。而它的前身是民国二十二年（1933年）的西蜀大舞台，曾聘请"新又新"剧社、玉丰剧社在这里演出川剧。次年8月，"新又新"剧社租了西蜀大舞台，这就被称为"新又新"大舞台。民国二十八年（1939年），改组为"新又新"大戏院。这里除了川剧外，也还放映电影。抗战时候，这里也曾演出过"抗战戏"。《滕县殉国记》仅仅团体票一次就预订了50多场，可谓盛况空前。

但这个"新又新"大舞台却时运不济，曾连遭两次大火，1941年5月12日9时25分，新又新戏院电机漏电引起火灾，延烧火市巷、东城根街等住户55户，烧死2人，烧伤2人。可谓损失惨重。1947年，重建之后，更名为锦屏大戏院。其设施在当时的成都堪称一流，场地宽敞、座位舒适，视听效果都很不错，是成都最早的斜坡式梯形剧场。这里常常上演最新的川剧，因此每天是车水马龙，观众如织。其后这里又数次更迭，换成了四川电影院。但后来，终究没有再次兴起，成了消失的风景。

祠堂街16号的院内就是四川美术社，这里也是1941年成立的四川美术协会办公地方，也是成都美术活动交流中心，当时不少美术展览活动都在这里举行。比如一九四六年秋，徐悲鸿举办个人画展，内容极为丰富，有油画、素描、山水、人物、花鸟，并有数幅他擅画之马。其名画《十万民工图》《田横五百士》《愚公移山》及《九方皋相马图》等均陈列其间，实别开生面，洋洋大观。张大千在此举办过两次个展，邓穆卿曾在文章中说，一九四六年五月，在祠堂街旧四川美协举办的《大风堂古书画展》，计有从唐以来至清代的名书画二百余幅，从五月十七日起至二十六日止，每三天更换展品一次，展品中的唐代毕宏的《雾锁重关图》早年曾见到张大千先生临摹的一幅，这次展出的是庐山真面。谢无量也在这里出现过。邓穆卿说，他平时风流潇洒，轻提钱财，常两袖清风，身无长物。四十年代后成都值抗战期间，米珠薪桂，虽任挂名之监察院"监察委员"，又在四川大学教书，仍十分拮据，当时虽在祠堂街当堂鬻字。困穷如斯，仍胸襟坦荡，善鱼郊外，悠然自得。谢无量卖字是经过时任聚兴诚银行祠堂街主任张采芹的，余沙园亦卖字，张同时为余收件。可见，这一时期的祠堂街十分热闹。

检索祠堂街的历史故事，不难发现，关于抗战的动员、集会也都是在人民公园进行，这无形中也带动了祠堂街的发展。有的人从此受了影响，走向了革命，也有人从此走向了保守，不同的路向似乎预示着生活的多元丰富。

如今的祠堂街是成都极为平常的一条街，想起曾经的岁月，在此出现过的形形色色的人物，有多少还留下痕迹。不管是革命的还是保守的，也不管是食肆还是电影院，都随着时代而飘摇起落。如今，祠堂街再造，这些故事都还没有泛黄的。至于人民公园的故事，倘若仔细打捞也许会发现更多有味的故事。

圣灯公园
与五老七贤

公园城市在今天变得热门起来。扬州学者谢正义在《公园城市》里认为：所谓公园城市，"是以城市为单位来考虑公园规划建设，以公园建设推动整个城市的发展。城市是由多区域、多人群组成的，公园城市就是让城市处处有公园，人人可以方便地享用公园。"成都建设公园城市正是遵循这样的理念。

在圣灯街道的历史上从来没有出现过公园，圣灯人要想去逛一逛公园就要去附近的新华公园、塔子山公园，或更远一些的人民公园。2017年12月开园的圣灯公园结束了这种历史。如今在圣灯街道的临近，还有二仙桥公园和杉板桥公园，这些公园的存在让圣灯人在闲暇之余多了游逛之所。圣灯公园位于成华大道三段与物流大道交会处，建设规划面积约8万平方米、相当于11个标准足球场大。公园按"一轴、两带、五区，多节点"的总体景观结构设计，看上去很有特色，与传统的公园有很大的不同。但在设计时就进行了综合考虑。

走进圣灯公园，就会发现这是一座开放式公园，从高空俯瞰，整个公园的景观结构呈现出一个'8'字的形态，这也与该公园地处的八里庄创意商务功能区相辉映。在服务设施方面，该公园内还将设置售卖、观景、娱乐观演、Wi-Fi等服务设施，满足市民游览、休憩需求。同时，还设置市民游乐园、趣味篮球场、滑索攀爬乐园等娱乐设施。八月的一天，我走进圣灯公园，看到有三三两两的路人在此停留，更有附近的居民带着小孩子在此玩耍。

在华林三路的公园入口处，我意外地看到了这里有"五老七贤"的雕像和文字介绍。这"五老七贤"皆为状元、进士、举人出身，多为通儒博学之士，著述宏富，以其文翰诗墨，名扬士林。学者李兴辉在《蜀中"五老七贤"纪事》里说："他们又互以名节相砥砺，敢于仗义执言，针砭时弊。因而深孚人望，为时所重。著名民主革命家黄炎培当年有《蜀游诗》赞道：'劫后民劳未息肩，每闻政论出耆年。蜀人敬老尊贤意，五老当头配七贤。'"王跃在《蜀都名儒》里说："他们是一些知识分子中的精英，成都人把他们看成自己城市的骄傲。老百姓要仰仗他们的名气。当局要借用他们的声望，连军阀也不敢对他们不敬重。"正是有了这群人，成都才彰显着其独特的城市气质。

这"五老七贤"却是以口碑流传，大约包括这些人物：方旭（方鹤斋）、徐炯（徐子休）、尹昌龄（尹仲锡）、陈钟信（陈孟孚）、宋育仁（宋芸子）、赵熙（赵尧生）、刘咸荥（刘豫波）、曾鉴（曾焕如）、骆成骧（骆公骕）、文龙（文海云）、颜楷（颜雍耆）、衷冀葆（衷佑卿）、林山腴（林思进）等人。在公园里的雕像中，既有"保路风潮"，又有"仁善之心""蜀中学人"群像，集中展现出了"五老七贤"风骨，这也是民国时代的绝世风华。这里还有晚清的唯一状元骆成骧所在的骆氏祠堂的"状元及第"牌匾也给以呈现。

20世纪的前半期是"五老七贤"活跃期，40年代则相继谢世。1948

年，赵熙辞世，刘咸荥书挽联："五老唯馀二老，悲君又去；九泉若逢三友，说我就来。"挽词寓悲于谐，情谊深挚，为时传诵。第二年，刘咸荥也以93岁高龄而终。1952年担任四川省文史馆副馆长的林山腴于1953年病逝，一个文化时代结束了。

在公园漫游时，我发现也有年轻人进来观看这一组特殊的人文雕像。"还真不知道成都有'五老七贤'的故事。今天这样的人不多见了。"有位小伙子看到这些介绍后这样说。家住民兴大道附近的居民也爱到这里游逛。"五老七贤，是成都传统文化的代表，想不到在我们身边就能看到他们的故事。以前这块地方也是东华的地方，现在看着这种变化，真是让人想象不到。"李栋宾这样说。这样的人文景观无疑是在传承着成都的文化脉络。

此外，圣灯公园还通过建筑形态、街头小品等方式，突出东郊工业元素，让人想起工厂林立的东郊时代。不过，让这片居民感受最大的还是公园的便捷，不少居民不必走太远的路去游逛，在家门口就可看到、可游逛的公园风景。

　　成都的公园建设这几年层出不穷。特别是各个公园在文化创意方面，都尽力展现出独特的味道。这就让成都的公园虽然数量众多，却不会给人"千园一面"的感觉。

　　2019年，成都府河摄影公园，悄然开园。这也是三环内、金牛区最具特色的公园之一。当然这不只是因为公园取名为"摄影公园"这样简单的问题，而是反映了成都人的审美水平。

　　这个地方离我家只有两三公里远，我却很少去光顾一回。在我看来，以"摄影"之名来命名公园有点夸张。不过，一位摄影家在看了摄影公园之后，就感叹这里的自然风光之美。"摄影公园涵盖了坡地、山川河流必备的条件，可以形成不同的审美风味。带给人不同的摄影灵感。"

　　著名打工诗人许岚在看过成都府河摄影公园之后也能寻找到些许诗意："这样的公园，自然，贴近大众的生活，也反映了成都人的审美趣味。这让我想起苏东坡的词句，那是来自自然的境界。现在的公园，就具有这样的特色。"

为何成都府河摄影公园有着这样的魅力？在这里走一走，就可以看到公园的形态，确实与众不同。尤其是与河流结合在一起，打造成一个独特的亲水公园。

诗与画的结合，让更多的游人亲近自然。许岚在谈到成都公园城市建设时认为，公园城市要紧的不是打造太多的人造景点，而是根据不同区域的自然环境构造出一个生态、自然的公园样态。府河摄影公园就具有这样的特色。

许岚进一步说，府河摄影公园，是公园城市的一个极佳案例。

在府河摄影公园附近也有着许多有意思的地方，比如洞子口，就是成都府河一带的少有百年老场镇，这里曾经是繁忙的码头，来往于洞子口的人群众多，由此带来了地方名小吃——凉粉，这些小吃虽然看似普通，却极其有卖相，吸引了各地食客的胃口。

虽然随着城市化的进城，这里已经看不到旧时场镇的生活场景。这里的美食却依然在讲述着府河故事，仅仅就这一点来说，却也是让人见证岁月的不同。

走在这府河摄影公园，你可以感受到浓浓的摄影元素，比如这里展示的拍电影的场景，就好像走进了岁月的深处。许岚告诉我说："府河摄影公园的这些与摄影有关的元素，让我们看到了一部浓缩的摄影史。这也是一种文化教育。要知道，今天拿起手机可以随意拍照片，但对摄影史了解的人，若不是专业人士，就不会太多。"

许岚在参观完公园之后，他提议可以给公园注入诗歌元素。因为通过诗歌的书写可以与自然风景融合在一起。这种想法是基于成都尚无专门给公园创作的诗歌集。

无疑，在审美的问题上，成都人向来有着自己的主见。尤其是在公园建设上，体现出了成都人对审美的需求，这种需求转变成了生活创新方式方面。事实上，随着公园城市建设的深入开展，成都的公园形态也在发生着系统的改变。

一位研究成都公园史的专家认为，成都公园有百年的历史，在公园的打造方面，显示出了独特的审美趣味，故我们现在看到的公园各具形态，呈现出百花齐放的方式。这些公园既有在地性，也有时代性，突出的是公园所具有的美学价值。这一点与我们通常所看到的传统公园是不同的。

府河摄影公园的打造，让成都人多了一个打卡摄影的地方。但在我看来，公园不只是能打卡，也应该是具有烟火气的地方。

# 锦城公园的大千世界

　　最早知道锦城公园时，名字还是叫锦城湖公园。因为在公园里分布着好几个湖泊，也没有特意取名字，甚至有些偷工减料，只是叫四号湖、三号湖之类的。不过，随着公园的出现，这里从原来的荒坡野滩变成了湿地公园。

　　这个公园位于成都环球中心的旁边、横跨绕城公路内外。站在公园里，就可以看到绕城公路上奔跑的车辆。现代与生活，让公园不再停留在传统公园的意义之内。

　　锦城公园可能是成都面积最大的公园，这里分布着不同的湖泊、树木、绿道。我留意到一块公园里的景点指示牌，这里有二十余个风景点，似乎各有趣味。但我到这里游逛的时候，恰好是冬季，并没有看到让人更愉悦的风景。不过，我在一个湖的旁边看到有摄影师在拍照，原来那里有一些水鸟。

　　平时，在锦城公园游逛的人并不太多。我想，这大概跟其环境靠近绕城公路有关，要知道，这样近距离的公园，除非绿化特别好，是不太适宜闲步的。倒是有几位年轻人骑着自行车，在公园里骑来骑去。我也跟着走过去，但这里的长长的跨线路，却极少有上下的通道，如此一来，你想从这道路随意上下就是一件麻烦的事。

当然，说游逛的人少，大概跟这附近的居民太少也有极大的关系。毕竟是距离太远的闲逛，对太多的人没有吸引力。成都人更习惯于在家门口闲逛，这是日趋便利性的生活需求。这就像生活的半径一样，很难被打破。有一天傍晚，我从天府一街走过，看到锦城公园里也有不少人漫步。这才是公园应有的样貌（公园周围居民喜爱游逛的地方不仅有绿道，还需有山水组合在一起）。

我去游逛锦城公园的原因，是因就在孵化园这边工作，有闲暇时间，加之又是成都难得的晴天，才出来游逛一下。大概一个小时走了五公里。要想在这里行走得更远一点，恐怕非得两三个小时才足够，因为面积足够大。对大多数人来说，并没有这样长久时间的游览。有一天，我一个人在公园里行脚，漫无目的。这才发现对这个公园有太多的期待，结果就可能有些失望了。

游览锦城公园，因面积太大，可分区进行，将公园的每个角落按距离的远近进行游览，一次游览某一个地方，这样的好处是能陆续看到公园的局部。而坏处则是难以看到公园的全貌，而只能以局部拼接出公园的场景。

我早前有一个想法，既然成都的公园数量众多，有意思的也很不少，但似乎很少有作家、诗人关注成都的公园故事。如果以不同的公园创造出独特的小说来，也是很有意思的事情。要知道，在国外的作家当中，以公园为题材创作的文学作品，数量并不在少数。

诚然，在城市化进程的今天，以公园为题材进行文学创作也是一种写作方式。

这样的想法很是让人兴奋，但仔细想想，似乎也只能是一种想法，到底该如何创作，还需反复走进公园，对公园里出现的人物、事物等进行细致的观察。这样就需不断地往返公园，从不同的时间、视角出发，观察公园里发生的人和事，以及由此延伸出来的宽阔内容。这让我想起伍迪·艾伦的戏剧《中央公园西路》来，那些故事如果以成都为背景又将会怎样，不免给人以遐想。

锦城公园的面积足够大，正适宜布局小说里的不同场景。这样的想法，也让自己莫名地兴奋起来。不过，能不能创作出什么样的小说来，还需要看机缘了。

探访新金
牛公园

阳光明媚的周末，最适宜到公园里走一走。新金牛公园自2018年底开园，当时感觉不大好，至少与自己想象的公园形象有距离。如今走在这里，愈发显得漂亮。在公园未修建之前，这里是一片老居民区，也还有着百年老学校——茶店子小学。其旁边有一家地道的牛肉馆，是茶店子的一绝，在还没有拆迁的时候，就以为能够吃到的机会多，不必着急去品尝。忽然有一天，不见了牛肉馆，想来甚觉可惜。

随着拆迁，这些都已经成为过去式。新打造的新金牛公园，是相对于其旁边的金牛公园而言，面积更大，环境更为优雅。是这附近居民节假日闲逛的好去处。

金牛区作家曾描述过这一片的风景，可谓别有风采。一位作家在文章中写道："原来的茶店子街，街道狭窄，每逢上下班时间，这里就出现交通拥堵，以至于是最体现'堵'的街巷。随着公园城市的打造，这种面貌已经一去不复返了。取而代之的是全新的公园。在这里可看到成都生活的悠闲。"

在诗人许岚的笔下，这是堪比锦城公园的所在。在金牛区这样寸土寸金的地方，能够有这样的公园，也真是一大都市风景。

生态、自然、环保的新金牛公园，可谓有着得天独厚的自然条件。在这公园里漫步，另一侧是车水马龙的景象，而在金牛坝路上，打通了隧道，于是，穿过三环的金牛立交桥可以通过下穿进城，不需像从前那样，从茶店子正街、茶店子东街穿过，这就节约了不少时间。

如果天气晴好，新金牛公园也到处可见闲耍的人（早上也有跑步健身的人）。

我家距离新金牛公园很近，时不时也会从这里路过，到公园里闲逛一回，不只是体验成都的休闲，也还是有些许期待。只是这里是新打造的公园，无论树木，还是绿化，还不够尽善尽美。但看到芦苇旁边的湿地（只是看上去像湿地而已，如果有一片湖水就更好了），就让人开心不已，也许正是这样的环境，决定了新金牛公园的自然生态要更胜一筹。

在我看来，倘若将此公园打造的与茶店子、营门口的历史环境融合在一起，更显得绝妙一点，仅仅是修建起来公园，缺少了互动，可能就丢失了公园之味。

在新金牛公园闲逛，也就成为茶店子、金牛坝、子云路一带居民的日常生活。我时常在这里看到拍照的中老年人，他们用手机记录下美好生活。而原来居住在这里的居民看到这样的风景，也会感叹不已："没有想到，可以变得这么美丽。"

新金牛公园，正如诗人许岚眼里的都市风景一样，不可或缺。诗人常常能用些许小事中看出大哲理，对这个公园，他自有解读：周围的车流来去，就像流水一样照见现实生活，我们过的日子也是如此，只是多数时候，我们浑然不觉罢了。

在新金牛公园，我们倘若追寻其历史文化，就需打捞记忆了。在这里，曾经的几条街巷已成为过去式，而关于它们的龙门阵并没有消失。也正因如此，新金牛公园也是在传承着这一方的历史文化，虽然有时候是个体的回想，却代表了鲜活的记忆。

当我们在新金牛公园行走时，会发现它与周边的几个公园也有很大的不同，更讲求生态一些。而关于茶店子的传说，从一家幺店子发展起来的场镇，在抗战时，成都的不少单位外迁于此。虽然这些是过去的故事，但在今天依然有挖掘的价值。不过，倘若在新金牛公园里多一两家露天的茶铺，就更符合"茶店子"的定位了（在成都新打造的公园里，虽然设施相对齐全，却缺乏像茶铺这样传统空间的所在）。而这也才显现出新金牛公园的趣味吧。

最具艺术
气质的公
园

在我家的旁边，原来是"城中村"跃进村，十多年前，我们搬家到这儿时，只能用脏乱差，一到下雨天，村中的小道上积满了雨水，简直是寸步难行。虽然其历史可以追溯到1958年，这里有菜市场、网吧、杂货店、食摊，我却很少去光顾，并不是担心在这里消费不好，而是多数时候更向往城区生活，至少不是城中村的样子。

就这样过去了多年，跃进村并没有太多的改变（成都的变迁似乎使这儿成了被遗忘的角落）。公园城市的风让成都的一些偏僻的地方变身为公园。直到有一天，人们才想起来这里应该建一个公园——天府艺术公园。

最初这里的规划并不是一个公园，而是文创区（文创在今天似乎有些泛滥）。那时想着离家不远就有文艺的去处，比如书店比如咖啡馆等等，都让人觉得生活似乎有了质的改变——尽管这只是居住环境改变而已。但现在这里是一个公园就变得似乎与众不同了。但到底是哪里不同呢？我想不只是这个公园里有美术馆、图书馆这样的场所，要紧的是有文化人在这附近居住，甚至于就把这个公园当成一种生活方式。

记得最初我看到公园的效果图时，就觉得这下可与文艺近距离接触了。直到看到公园的样貌，比想象的要好一些。不过，对爱书人来说，图书馆并不能满足日常阅读的需求——平时要看的书册很难在图书馆里寻找的到，故而还是去逛旧书摊的好。当然，对普通读者而言，却多了一个阅读场所。要知道多年来，这里几乎可以说是"文化荒漠"的代名词，早些年还有书报摊，现在已没有了，至于书店更是稀少，以至于淘书要进城，或者去专门的书市。

像我这样的俗人，正适宜在这样具有艺术气质的公园闲逛，接受艺术的熏陶。对这附近的居民而言，何尝不是有与文化亲近的机缘呢。

公园之美，就在于给我们的生活提供。

在百花潭
吃茶

一

　　到公园吃茶，是成都人的一种生活方式。早几年，我和朋友爱在人民公园的鹤鸣茶社吃茶。后来，在鹤鸣吃茶的人太多，从早到晚，皆是如此，爱清静的我去的次数少了许多。吃茶对我等闲人来说，绝不是图个热闹，而是约上三五好友，找一个安静的地方吃茶、聊天。这样虽然清淡，却有几许诗意在。

　　有几次到青羊宫去吃茶，结果进出既要门票，茶价又高，只好换个地方。百花潭公园就这样进入我的视野。十多年前，我住在锦里西路时，距离公园近，却极少在公园吃茶，那时还不懂得吃茶的妙处（现在也未必懂得），更何况为了养家糊口而东奔西跑，哪里有这般闲情坐下来吃茶？

　　百花潭公园创建，距今已有70年历史，从动物园变身到公园，这种转变，让公园更具气质，也更接地气。早在民国年间，邓锡侯将军曾在公园里建有别墅"康庄"，不少文人雅士如朱自清、易君左都曾来此聚会。易君左后来回忆说，有次聚会时吃的是"梅花宴"：

宴会地点就在梅丛中，花树下。现场气氛颇为浓烈。一位尖嗓子的学者笑着对主人说："这简直雅得不能再雅了！"一位小白须的长者也笑着说："率性把酒席搬到梅花瓣儿上去吧！"易君左写道："斜阳正照着梅花，也正照着人面。人正喝着酒，梅花也正喝着酒。人醉了，梅花也醉了，斜阳也醉了！"这次虽没留下食单，想来菜是极其丰盛的。单单是酒，就提供了三种：老年花雕、郫筒酒、绵州大曲。邓锡侯是善酒的。"主人殷勤地劝酒，而酒量又极宏。"这样热闹的氛围，让不少人受到了感染，易君左也饮酒不少。不过，他还是写了《康庄盛会即席赋谢主人》："西郭春明照眼忙，百花潭畔一康庄。蜀山色尽中原碧，楚客颜先天下苍。谢傅心情应若此，武侯勋业最难忘！请看今日万千竹，已抵当年八百桑。"这一晚也热闹，"酒阑人散，大家都醺醺然离开了这一座精美的花园，与斜阳握手，带着满身梅香归去了。"

虽然这"康庄"早已不在。但这样的往事，让人依然怀想。我在百花潭吃茶的次数多，也时常邀约朋友过来吃茶。因这公园环境优雅，有古树银杏可观，亦有盆景园可赏。在吃茶之余，至树荫下漫步，夏日可观看荷花。这种种体验，都是吃茶后的余事。此外，若是有闲情，可走进园中园——慧园，此处可感受巴金的文学魅力。

故到百花潭吃茶，是一件很雅致的事情。

二

百花潭公园可吃茶之处有浣园、撷英园、慧园和晚香楼等处。以前常去的是撷英园，因其临近锦江而受茶客欢迎。这里的院坝虽大，一旦坐的人多了，就显得有点嘈杂。记得有次与马小兵、杜均等文化人在这里吃茶，因人多嘈杂，聊天亦不够尽兴。后来只是偶尔去一下。

小说家浩哥平时忙于写作、垂钓，更爱美食与吃茶。闲暇时间，他总会发一个信息："下午有没有时间？去晚香楼吃茶。"晚香楼是靠近芳邻路的一处茶园，竹椅、方桌就摆在一棵棵高大的树下。不管是怎样的季节，坐在这里吃茶，是不会有煞风景之感的。聚过之后，几乎变成了我们吃茶的"据点"。

晚香楼，这个名字看上去就颇为诗意，或出自宋人吴文英的词句："晚香楼。夕阳收。波面琴高，仙子驾黄虬。清磬数声人定了，池上月，照虚舟。"但此处却无"楼"，茶桌就摆在空旷地带的树下，因之给人以开放之感。茶客们所选择的位置也是疏离的，不必担心位置太过拥挤。

浩哥每次茶会总是提前到达，等我赶到时，他已找好位置。并约了小说家刘甚甫、诗人吕历、导演李传锋，有时也会有诗人杜均或编辑李杨参加进来。这样的茶会是随机的，却是充满生机。每次吃茶的话题都有独特性，当"四川历史文化名人"小说系列出来时，浩哥、刘甚甫都是作者之一，自然是签名送书，然后品评这套书的得失。刘甚甫的小说《鬼门》出版之后，约上几位来此吃茶，送书，相当于小型的分享会。当冬至来临之际，自然要品尝羊肉汤，刚好参加聚会的几位都为属相"兔子"，似乎就有了别样的含义。有次吃茶刚好遇到《成都晚报》停刊，故有了对纸媒的关注与漫谈。

不过，在晚香楼的茶会，并非有主题性，而是临时约起的。这样就让吃茶变得具有"不确定性"。当坐下来吃茶时，就确定了茶会的主题，大都是漫谈，最近文事之类的都会摆一摆，聊聊熟悉的老朋友，然后电话联系，如果对方有时间，就赶过来一起吃茶聊天，这也让茶会多了内容。

# 三

在公园吃茶多是下午时间，虽时间短暂，却因交流有了别样的意义。在每次吃茶之后，我都会将吃茶现场做一些记录，这虽是浮光掠影，却留下了或深或浅的记忆。

吃茶结束之后，意犹未尽，几个人自然是要寻一处苍蝇馆子。百花潭公园附近的苍蝇馆子吃过好几年，最后就在百花西路上的小馆子相聚。继茶会之后就又有了酒会，不过，参加喝酒的人数并不太多，即便是一两个人也是要几两小酒。浩哥总是说："我年龄大了，少喝点，年轻人多喝点。"话虽如此，一旦喝起酒来，就不分彼此，自然是尽兴、微醺为佳。如果马小兵也在场的话，他准是在背包里放一瓶红酒。在苍蝇馆子喝红酒，也是少见的风景。

不管怎样，这都是由百花潭公园吃茶引出来的故事吧。

云南茶人周重林曾说，茶与酒，两生花。"茶近玄，近禅。茶宁静、淡泊、隐幽，类似水传达的意向和精神，茶是内向的；而酒热烈、豪放、辛辣，更类似火传达的气质和精神，酒是外向的，他们在不同的人那里体现出不同的品格性情和不同的价值追求。"

对我来说，茶与酒或许没有这样高深的学问。酒不过是茶之后的余韵而已，未必会上升到哲学的高度。

# 四

从一环路的大门进入百花潭公园，就看见一露天茶铺，名唤浣园。也许是距离公园的大门太近，有的人不愿走太远的路，就在这里吃茶。所以，在百花潭，这里是吃茶人数最多的茶铺，且有一些老年人时常在此聚会，故显得有点喧闹（比人民公园的鹤鸣还是弱一些）。

有时，我也会与朋友在这里吃茶。印象深刻的有两次：一是和摄影师李豫龙、作家马忠吃茶，虽然大家彼此早已熟悉，却是难得有时间坐在一起吃茶。二是作家贾登荣约着吃茶，意外地遇到《中国金牛蜀道》的作者谭嘉韬，其自费行走蜀道多年，遇到的故事很是不少。2016年5月，我参加"重走金牛道"采风活动时，随身携带的就是这本书。于是，就和谭老师聊起行走蜀道的故事，这让吃茶多了些许内容。诸如此类的茶事，在公园里，也不知每天发生了多少起。倘若一一记录在案，也就是百花潭公园的"茶史"了。

诚然，在百花潭吃茶，选择去哪一家茶园多是随机的，因不同的茶友在喜好方面也是有差异的。对我而言，吃茶吃的是氛围，是分享，而非吃茶场所的环境。

# 五

我到慧园吃茶的次数很有限。这是以巴金的小说《家》打造出来的园林，看上去也还是不错。尽管在此处可看与巴金相关的内容，还是觉得空间有限了些。早些年，雷位卫创办的竹简文化曾在这里办公，但那时不熟悉，也就错过了在此吃茶的机会。等我再次来此之时，慧园虽无变化，然吃茶氛围就发生了些许改变。

闲暇时，我翻查日记簿，对慧园吃茶的记载只有一两次而已。这或许跟慧园有很长一段闭门修整有关，等到重新开张，已经变成了书院，装修得有些高大上。我们坐在慧园后面的坝子吃茶，旁边即池塘，却不肯到院子里去，也许是因在这样的环境吃茶，更能体现出一种开放性，也适宜观察这来来往往的茶客。

尽管如此，在慧园吃茶亦是一个好去处，尤其是在冬日，有寒风吹着，太阳不太浓烈，在慧园吃茶，院墙刚好可抵挡冷风，再晒着些微的阳光，就更适宜吧。

如此，再怀想一下巴金的小说，多少就有点回到老成都的味道。

# 六

说起来，在成都的公园吃茶次数，在百花潭远比去人民公园的次数要多。这当然是得益于在这里吃茶更能体验成都人的吃茶情趣：所谓吃茶，不过是吃一下心情罢了。

如今百花潭依旧，对茶客而言，那个久远的故事是不是知晓并没有要紧。要紧的是，在这个环境优雅的公园里，与三五好友吃茶，可偷得浮生半日闲，这种"良辰美景"在日渐忙碌的都市，这也是一种奢侈。如此一想，在这里吃茶就有了珍惜当下的意思。

与茶相遇，与百花潭相遇，也就让寻常生活多了些诗意。

2023年8月17日

　　成都东行，出牛市口（旧时称得胜场），沿着东大路，穿山越水可抵达内江、自贡、重庆等地。而穿过龙泉驿城区有一条河，却叫驿马河，传说当年经过龙泉驿驿站的车马经过此地，时常需休整一下，马匹在这段河水饮马喂草，如此也就有了这个名字。从龙泉驿城区前行，过董家桥，右转即巴金文学院，直行可达客家小镇洛带。但这是第几次到巴金文学院，确已无法记得清楚。曾与不少朋友相聚在这里，不只是这里有一所客栈式的院落，可饮茶可聚餐，安静得让人觉得好像是在乡下，且这里有一座巴金纪念馆（其旁边为沫若艺术院）。

　　这次到巴金文学院发现，在其附近修建了驿马河公园，虽尚未完工，大致可领略公园的样貌。文学院位于驿马河的左侧，临河而设居，门口有莫言题写的"巴金文学院"五个字，看上去也有几分文人气。走进去即一个院落，右侧为巴金纪念馆，左侧有亭有树，环境雅致。看这里的介绍，这里有"巴金讲堂"，但这个讲堂形同虚设，印象中并没有做像样的活动。

　　巴金纪念馆里所展出的内容有其作品和生平介绍。我走进去观看过，发现这展览做得颇为简陋，倘若不是特意走进这里，恐怕很难有人注意到这个纪念馆。不过，单就纪念馆的丰富度，与上海巴金故居相比就差远了，尤其是巴金作品的不同版本（收集齐全应该不是特别困难的事），倘若一一展陈这里，也是极其有意义的事，至少可让作家看到他的一生的创作生涯吧。

如今，坐在巴金文学院的院落里饮茶，已听不到驿马河的流水声。几位文友坐在院落里，越过屋顶，可看见几株已经泛黄的银杏树，深秋的天气，大家话题会言及四川作家中的先辈，如叶伯和、巴金、李劼人、艾芜、沙汀、周克芹等人，虽然他们的文学成就不一，却同样在成都深具影响。我想起巴金笔下的人物、故事来，更让我想起他为成都文学期刊《青年作家》的创刊题词：把心交给读者。他的文学创作更多的是追求与读者沟通与交流，把自己的所思所想记录下来，其意义既有常识的普及，也有对不同社会问题的探讨。这种"真"是追求朴素意义上的"美好"，与浮夸和浮华无关，这在今天的文坛上已是稀缺的风景了。

在成都虽然与巴金纪念有关的场所有三处，除了巴金文学院，尚有正通顺街的"巴金故居"，已看不到当年的样貌，而百花潭公园里的慧园虽然是依据小说而建的园林，也曾展示与巴金相关的内容，后来沦为茶园，我也数次去吃过茶，再后来就进行调整，已是锁了门，几时开放尚是未知数。成都虽然在建设世界文化名城，但对待本土生长的文化名人似乎少了一份尊重。巴金即一个典型的个案。我还记得在浙江桐乡有一个木心纪念馆，其文化活动做的有声有色，与成都相比，也是有不小的反差。

在这里吃茶时，文友们论及巴金作品的个性与特色，在某种程度上似乎与成都这座城的个性有差异。也许是他多年在外奔走的经验有关，在不同的历史阶段，他都在努力发出自己的"声音"，尤其是晚年的《随想录》，代表了其思想精华，他的作为是上升到了一个高度，甚至可以说代表了时代的灵魂。这也是今天值得珍视的一点。

由此，我进一步想到巴金文学精神的承继与传承，在后来的作品中，他甚少去追求宏大叙事，更多的是从历史、现实中进行多视角的反思。像他那样敢于直面人生、解剖人性的作家是一种珍贵的精神，这在今天是同样需要的。对我们这新一代作家来说，文学创作和追求的境界在哪里？也许是该好好思想和总结了。

驿马河继续流淌着，对巴金的精神探索，也许应如这条河一样，缓缓地流过，见证岁月风华后的从容与淡定。

第四辑

# 看山

　　有好几回，我站在阳台上，可以望见雪山，那是四姑娘山的主峰——幺妹峰。好像山就在不远处，看上去虽有些朦胧，多少可以望见其影迹。那一种兴奋真是难以形容。于是，看见山的时刻干脆泡一杯茶，红茶、绿茶都无所谓了，坐在阳台上欣赏，倘若是诗人，此时怕是非吟出几行诗来不可。

　　想起了"窗含西岭千秋雪，门泊东吴万里船"的诗句。那是唐时的天空，没有雾霾，没有尘雾，能"窗含西岭"，不免痴想山中岁月或日常生活。对一个生活在平原的人来说，远眺那山的形状也是美妙的体验。我在成都居住也有小二十年了，能看到山的情况印象中并不是很多。这并非对山的不喜爱，而是那种向往总是挥之不去的。

　　坐在那里，茶只是一种应景，不敢喝的太猛，以至会害怕那山在去倒茶水的转瞬间就消失在云雾中。这一种紧张或者说是纠结也充满了无奈。在看山的同时，我还拿出相机，拍下它们的远景，以便记住其风姿，不管以怎样的视觉看，都是难以想象的，居然在晴好的日子，可以望见雪山。可即便如此厚待，那山还是逐渐消失在视野里了，人也变得有一些惆怅。

这时，会有想去爬山的冲动，可仔细一想，去往山的路也有些距离（145公里），或许在路上这种感觉就变淡了。但那山的影像依然留在心中，这激动也会随着时间的流逝而变淡。当下一次看见山时，激情会重燃。

微博上、媒体上一片欢呼，并为此喝彩。到底是西岭雪山，还是四姑娘山，也还争论不休，后来专家说是四姑娘山，似乎才没了争论。我虽觉得这有点小题大做，可那激动是能够点燃情绪的。我不也是这样吗？在看山的时候，我亦在想，是不是成都的雾霾指数可以以看见山的次数来定呢。如果这样，那成都的生活指数可真就有些糟糕了吧。

四姑娘山就在那里，似乎只有我这样的闲人才会操心看见看不见它们的问题。我的欣喜是，也许在更早的历史记录，或许看山就是寻常事。想起曾经在四姑娘山下看山的情景，壮观、绝美似乎都难以形容它的姿容了。只是更多的时候，我们对它太少关注。如今的远处遥望，却有这般的情感，也真有感叹岁月的意味。

要是看不见这雪山又会怎样？会丢失掉生活中的坐标吗？似乎不是，对很多人来说，现实生活中的种种或许更为重要一些。而说起山，大概只有亲临才能感受它们的样貌吧。在我，"在自己家阳台上终于看到山了"，也许仅仅是心理的慰藉吧，比不上杜甫的诗句，多少还是有一点意境的。

如此一想，心下也就释然。这就像泛起波澜的日子回归到正常。但在内心中期待与它下一次相遇，犹如与情人约会的私密。话说，这看山也是一年遇不到几回的事。

但即便如此，看山仅仅是为了看见它的形状吗？还是像通过山回归到内心。这样的疑问让我迷惑。在日常生活中，我们对许多事已感觉麻木，相应的是总是期待有更多的奇迹出现，对于身边的景物却时常忽略掉。这看山，却让我发现，倘若转换一下视觉，也许就能看见不同的风景。

《渤海早报》2014年1月23日

# 植物达人

　　我的朋友沈胜衣爱植物，花草树木，每到一地旅行，对植物的关注是重点。好像读懂了这个就读懂了一地的性情。像我这样的懒人，到一地先寻找的是美食，似乎唯有这样才能理解一地的文化。

　　成都的植物也有多样性，春夏秋冬，各有不同的花儿怒放，树木也多种。在我，看了也就看了，偶尔也会拍一两张照片，却全不识姓名。幸好有位朋友是植物达人，她无所事事，似乎整天在成都街头，菜市场闲逛，每每把心得记下，张贴在博客上，才多少认识成都的花草树木。她说：

　　今天是二十四节中的小雪。下午飘起了毛毛细雨，有些阴冷。有事去芳草东街，看到一小区墙边有一盆像竹叶的植物，盆里还种有辣椒。猜应该是姜叶，于我辨别的唯一方法是闻叶子的气味，掐了点叶来闻，手指上满是姜的气味，很好闻。守门的大姐问我看什么，我问她是不是种的姜，她说是，反问我，难道不认识姜，我说姜叶很少见到，曾经把发芽的姜种到阳台上的盆里，叶子老长不起来。守门大姐说，这类菜蔬要种地上，要日晒夜露才长得好。"日晒夜露"这句我觉得说得真好，这就叫吸收天地之精华吧。

　　也许是对花草树木太习以为常，似乎只知道长在那里就成了，至于更多的关注几乎就缺失了。

这大概也是都市人的普遍心态吧。到底那植物长得如何，跟个人关系到底不是太大。女儿倒是对植物关心，常常去郊外，拍回这样那样的照片，比对花谱，查找资料。与自然亲近，常常是说着容易，做起来也难。虽然成都植物园很不错，但去游览的似乎也只有植物达人了。女儿习惯于拍摄植物，也多半是对热爱的天性，从林林总总的植物中读出一个不一样的世界——在我看来，大概也不能够读懂其中的含义。

不过，成都的植物达人蛮多，时常有朋友在微博上晒晒自己家阳台上的菜蔬，或路遇的落叶或树木，让人觉得这也是生活悠闲的状态之一。比如夏天，在树荫下行走，那一份惬意真是无与伦比，即便是秋冬季节，也能体验出它的好。倘若缺失了花草树木，一座城市也可能就变得很荒芜。作家马小兵先生对植物的观察也独特，只是更多地留存在微博上了。

最近一段时间热衷于行走，也留意路边的花草，它们毫不起眼，却又有自己的风姿。我看到南兆旭先生花十年的精力做了一册《深圳自然笔记》，他通过本书与大家一起发现和分享深圳的自然生态之美，了解深圳生态与环境的变迁，分享在大自然中行走的感受。他说："我们常常一说美景就会去西藏、新疆，都试图周游世界，觉得美景都在他乡，我们只把深圳当作赚取行走他乡旅费的生意场，当作车水马龙的水泥森林，但其实行走在深圳的山水之间，我才知道这个城市的大自然有多美。"

对生活在都市里的人来说，何尝不是这样的错觉。总以为美好的风景在他处。成都植物多达2391种，这样丰富的自然资源，倘若在行走的过程中，记录下它们的生存状态，也是一种自然笔记了。期待有心人记录下这个城市的花草树木，哪怕是只言片语，也能见证自然之美。

# 候鸟的漂
# 移生活

　　周围有好几位朋友有事没事就往乡村跑。泡在某一处隐秘的角落，像一只候鸟。在路上，时不时晒一下幸福的故事或照片，仿佛那是非常有趣的人生。这让人眼馋不已，青山绿水间，住在田舍里，吃着生态的蔬菜，这不正是城市里人的梦想吗？可惜在大多数时候，很多人是不能享受这样的生活。

　　乡村旅游这些年很流行，生态、健康是主旨。我也曾跟着朋友去游玩过一两次，但总觉得这还不够过瘾，毕竟是过着这样的生活，再回到城里，还不是老样子。这种调剂生活是不是就像润滑剂一样，让生活充满更多的激情，也让人怀疑。

　　不过，从理论上说，这种有这样的生活，总比没有好。前几天，我独自一人去往山里，住在一处位于山坡上的农庄里。由于来此玩的客人不多，就少了热闹，夜晚很安静，下着小雨，旁边是一条潺潺流动的小溪，流水声和雨声融合在了一起。一个人要了几瓶啤酒，一碟花生米，漫漫长夜，随身携带的书也懒得翻了。这让我想起多年前的乡下生活，如今倒是难得的时光。

第二天一早，天晴雨歇。在山间一个人走走，没有行人，也没有车声，空气也新鲜。鸟鸣、绿树，映衬出清新来。电话不合时宜地响了起来，得返程了。

在我家对面，就是一条马路，整天是车来车往，虽也习惯了这种喧嚣，还是每天觉得睡觉没睡饱，一声车响就把人从睡梦中拽醒。如此的生活，跟山里比，真是没法比。我理解这也是为何朋友们喜欢乡村的原因。

"这个周末去漂流，尝美食。"朋友早早地预告。山村生活离我是越来越遥远了，这并非习惯了城市的节奏，而是在城市里生活，总有着隐性的贪欲，让人觉得有种存在感。

乡村还是那个乡村，"良辰美景奈何天，便赏心乐事谁家院"，今天，似只能是有向往的份了。某次跟朋友聚在一起，他说，等老了再回到乡间生活。好像从此就远离了城市的各种污染。我深知，这乡间生活，或许是简单、朴素的同义词，但也是对现代生活的反叛。

恍惚、迷茫。诸如此类的词语让人想起的精神状态的亚健康。以前，每每回到故乡乡下去，在黑夜里除了翻翻书，没有更多的娱乐活动，总是早早睡去。第二天醒来，是被外面的鸡鸭吵醒的。像这样的生活也大概可称之为梦想。

最近在看的书是台湾作家陈冠学的《访草》，"能够叫出原是不认识的草名固然快乐，但熟悉的草，唤着它熟悉的名字更加亲切。"晴日安享暖阳，午夜辨别繁星，凝望云朵的升起和消散，计算着自家屋檐下的伯劳何时归来，一座农舍，一片阡陌，一颗决然回归的灵魂，这在我看来，可能多数时候都做不到。原因在于，"候鸟"总期望找到自己的生活方式，其中也有诱惑，有游移，那一种对人与自然的把握，可真是难以说得清楚。

　　住在城里，偶然跑到乡下，换一种活法，似乎就已足够了。这种生活无奈中，又多了乱离。在我的想象里，所谓城市或乡村，宜居，且可容纳一点梦想，可以仰望星空，看见自然的山山水水，以及由此带来的小幸福。

前几天，路过一品天下大街。记得，以前这里是绿树成荫，走在路上，即便是夏天，也不会感觉太炎热。于是，就选择徒步行走。岂知，走到一品天下大街，一下子傻眼了。原来的绿树不见了。光秃秃的街道，没有遮阳的树木。一下子就感觉到热气逼人。

树，到哪儿去了？疑惑，人行道，倘若没有了树木，街道如何谈得上有美学。以前，金牛坝也是绿树多多，夏天，走在树下，树上也有蝉鸣，倒觉得成都有了诗意。去年，这条街上的树木，似乎一夜都消失掉了。

那时，我还天真地以为，或许是为了绿化街道的需要，树木需要更换一批。可是，这只是一厢情愿。因为直到现在，虽也栽了一些树木，却没有了从前的感觉。

城市绿化，离不开树木。2011年，南京为了市政建设的需要，将南京市主城区内许多于20世纪中期栽种的梧桐等树木移栽，引起市民的强烈反响。保卫梧桐，也就成为一桩文化事件。今年，有机会到南京行走一遭，在梧桐树下漫步，那真是惬意。

有一段时间，微博上有各地的网友晒各自所在地的街巷，绿树之下，让人觉得在那里行走，一定很舒服。可我不好意思晒晒成都的街巷。没有树木，哪怕道路再宽广，也少了城市生态。虽然在三环路边建了绿道，刚开始我还兴奋了一阵子，以为没事就可去行走一盘，但看到绿道上来往的车辆，或者绿道的树丛里停着车子，就顿时失去了行走绿道的念头，更为严重的是有的路段，因为某种需要被拦腰斩断，走着走着就发现这绿道不对劲的地方蛮多。

行道树，在成都，除了常见的银杏、大叶樟、女贞、法桐、栾树、天竺桂、小叶榕之外，还有杨树、楝树等等，它们构成了城市绿化的一部分。有一天，你走在路上，熟悉的街景、树木都发生了巨大的变化，又会作何感想。有一位朋友，一直想记录成都植物的生态，她却觉得有几分迷失。熟悉的街景每隔一段时间就有所变化，如此一来，在成都生活，记忆也是靠不住的。

在我家小区旁边，原来是社区办公的地方，后来社区办公室搬走了，去年就栽上一些树木，看上去很不错。今年春天，满以为这些树木会发芽，浓荫一片，绽放出绿意。可我居然发现，这些树木死的死，倒的倒了，几十棵树木剩下的也就不多。今年春天，这里又栽了一些树木，但愿这一次成活的树多一些，那至少也该是绿树成荫吧。

这样说，我很羡慕南兆旭兄所做的《深圳自然笔记》，以十年的时间记录下深圳的自然现象。这倒真是有益的尝试：21世纪奢侈的生活不再是积累各种物品，而是表现在能够自由支配时间，回避他人、塞车和拥挤上。独处、断绝联系、拔掉插头、回归现实、体验生活、重返自我、返璞归真、自我设计将成为一种奢侈。

在成都，虽然也有好些朋友关注植物、动物的生态，但还没有对成都的自然生态进行系统的梳理。所以，在面对着街巷上的树木变迁，也还没有个客观的呈现。这不能不说是一种遗憾。树，到哪儿去了，这不再是个简单的疑问，而是对我们这个城市生态的一种观照。

# 让房子呼吸起来

现代居住环境，不但要求生活舒适、方便、安全、卫生，还强调绿色健康居住等自然条件，而绿色健康居住的重心，是"好房子，会呼吸"这一全新标准的实行。不会"呼吸"房子，在很大程度上，会令你资产大幅贬值。这"呼吸"不仅强调的是房子的建筑材料的节能、装饰材料的环保，更重要的是让房子多一些"呼吸"的空间。

这让我想起，很多外地人到了成都，都会感叹，为什么成都人家的屋顶可以五颜六色，不管是种花，还是栽草，都是都市的一道风景线，而且还十分的养眼。因而，有人戏称：成都的屁股是绿色的。

我们都知道，所谓环保生活，更多的是从生活细节体现出来，看上去似乎都可以随手可做的。但要把屋顶变为绿色的，则是需要极大的勇气，一般而言，屋顶是不允许随意使用的。但在成都就大不一样了，前几年就有人尝试着把屋顶改造成花园，效果相当不错，因为这不仅绿化了屋顶，也能让房子呼吸起来。

为什么要这么做，我们先来看一组数据，理想的屋顶应该对阳光有较强的反射率，并且有较强的散热能力，把吸收来的热量快速散发掉。

专家们注意到，一般的屋顶散热能力较强（80%以上），但是反射率太低（0.05—0.25），在夏天的中午屋顶温度会被阳光加热到高达66℃—88℃，增加了室内冷却的能耗，加重了热岛效应引发的空气污染，也加速了屋顶材料的损耗。如果使用金属屋顶，有较强的阳光反射率（0.5以上），但是散热能力较差（20%—40%），屋顶温度还是能被加热到60℃—77℃。如果使用同时具有较强的阳光反射率和散热能力的环保"冷屋顶"，夏天的阳光只能让其温度升到38℃—49℃。"冷屋顶"大多采用光滑、亮白的表面，能很好地反射阳光，减少传到室内的热量，从而节省夏天的空调费用。对美国加利福尼亚州和佛罗里达州的十几座楼房的调查表明，使用"冷屋顶"每年能节省空调费用20%—0%。同时，"冷屋顶"由于减少了阳光吸收，从而减少了阳光中紫外线的损害和一天中温度变化的热胀冷缩导致的损害，延长了屋顶的使用寿命。

还有一种办法是在传统屋顶上种植花草，把屋顶改造成"绿色屋顶"。绿色屋顶有多种环保好处：能吸收雨水，减少降雨时排水沟的负载；吸收二氧化碳、空气污染物和空气颗粒；防止阳光中的紫外线和早晚温度变化对屋顶的损害，从而延长屋顶材料的寿命；为鸟类和其他小动物提供栖息处；减少外界噪音对室内的污染；在夏天隔热，让室内保持凉爽。

因此，在成都买房要买顶楼的话，一般都有野心的人：嘿嘿，终于有了自己的私家花园。这样的想象足够令人开心的了。有的人家还把屋顶利用起来，种植蔬菜，倒也是难得的一种都市休闲吧。

作为居家男人，对家里的物件了解应该是很深的。但在现实生活中，我们往往会忽略一些事情的存在。家具、室内装潢、地毯、衣服、窗帘等都有可能不断地释放出有毒气体污染室内空气，这些气体包括甲醛、苯、三氯乙烯以及其他挥发性有机化合物。如果你使用空气清新剂，并不能真正清除这些有毒气体，反而进一步污染了空气。开窗通风是清除这些气体的有效方法，但是在冬天以及开空调时并不适用。另一种办法是种植一些能够清洁空气的观赏植物。植物的叶子、根以及土壤中的细菌都能吸收有毒气体。美国太空总署在20世纪80年代曾经研究过植物清洁室内空气的作用，发现室内植物在24小时内可以清除87%的室内污染物。1994年德国的一项研究发现，一盆吊兰在6小时之内就能清除掉一个小房间内的甲醛。

根据美国太空总署的研究，清除甲醛能力较强的植物包括：波士顿蕨、菊花、软叶刺葵、银线龙血树、雪佛里椰子、洋常春藤、垂叶榕、白鹤芋、散尾葵、香龙血树（巴西铁树）。清除苯能力较强的植物包括：非洲菊、菊花、白鹤芋、银线龙血树、雪佛里椰子、三色铁、虎尾兰、银王亮丝草、洋常春藤。清除三氯乙烯能力较强的植物包括：非洲菊、三色铁、白鹤芋、银线龙血树、雪佛里椰子、香龙血树、虎尾兰、洋常春藤。

此外，广东万年青、吊兰、喜林芋、绿萝（黄金葛）、绿巨人（一帆风顺）也都被发现能有效地清洁室内空气。

生活的习惯是自由呼吸，现代快节奏生活带来的诸多压力使得我们的笑声不再清脆爽朗，家——变得越来越重要，这里是唯一可以释放与纵情的地方。从这个意义看，我们生活的家园如果灵动起来，生活自然美妙许多吧。

# 二手生活

随着物价的上升，生活成本增加的速度快了许多，对工薪阶层来说，压力可真不小，如果再供房的话。棉花糖最近就感觉压力大了，所以对待化妆品什么的，都不大感冒了，不是真的不感冒，而是想着日常生活中的种种开支有增无减，都觉得再像以前一样大手大脚，日子非破产不可。

这可不是夸张。她的同事小雁前段时间因为花钱太厉害了（女孩子总是少不得吃喝美容之类的吧），信用卡透支严重，连男友都觉得她不是很会过日子，干脆一走了之，原本是在今年秋天就结婚的人儿。棉花糖开初还是无所谓，但看多了这样的事情就把信用卡上缴到我这里，"从现在开始，过简单生活。"

不仅如此，棉花糖没事开始逛二手市场了，遇上喜欢的东西总是拿回来，价格算下来，比新货便宜不少（有段时间她可是宜家的常客），"你去看看，那里有很多有意思的东西，保准有你喜欢的。"她这样给我建议。

哎呀，你不是很讨厌旧物嘛，我买旧书你都觉得不可忍受的。我嘲笑她。

那时候不懂得生活啊，再说了，连设计师许舜英都说，破烂美学的奇妙之处在于让我可以理直气壮地买一个用了30年的很破旧的教室木椅放在家里而不会感到穷酸气，它不是一种贫穷或预算上的考量，反而意味着一种美学的选择。你看，我这样做也是很恰当的。棉花糖居然引经据典，或许她早就有了这样的主意也未可知，只是我没注意到罢了。

随后选了个日子，跟棉花糖去逛二手市场，还真别说，遇到了不少老旧的东西，勾起了许多的回忆：长桌、板凳之类的家具让人想起童年围桌吃饭的场景，搪瓷碗、搪瓷杯也很少见了，甚至连马灯都想起一个人走在漆黑的夜里……如许的旧物现在正在被新物所取代，它们零落地散在市场上，可真有一种孤独之感。

逛了一圈下来，收获不少，计有马灯、喷水壶、箱子、蒲扇、草帽，看上去很有点混搭的味道。棉花糖回到家里，把它们安置在不同的角落，看上去家里有一种怀旧风格了。她说，与其用很高档的家具装饰家里，这样的氛围很好，容易让人恋旧，即便是对小孩子也能传承文化和历史，它们可以讲述逝去的岁月嘛。

其实，我知道这只是一阵子的事，毕竟我们都不是那么恋旧的人，过二手生活看上去很完美，其实只是装饰我们的日常生活罢了。若要谈得上是享受二手生活，恐怕还有一段距离了。

# 记三环生活

上个世纪末，因缘际会跑到成都来读书，那时候的成都还跟乡坝头类似，好多道路是狭窄逼仄的，道路也有不少是稀烂的，记得是在顺江路有着许多路边摊，而像三官堂一带的路坑坑洼洼，每次行走，都觉得异常奇怪，难得这就是传说的成都？

那以后，时常搬家，从神仙树搬到武侯大道，再到锦里西路，海椒市街。这搬家不仅由于经济的原因，那儿房租低，上班方便，居住的周围能有让人归依的感觉最好：在那里，尽管是租居，依然会有家的感觉。

房租越来越高，按照朋友的说法，与其每个月给房东一笔钱，再加一点买房算啦，如此一想，何尝不是如此。干脆就找个机会移居到三环路边上去。北三环，居住也不是很方便，买菜去的菜市场是小型的，菜蔬的品种也不是很多，但周围有像样的公园，比如金牛公园，更有着川西园林的代表作——易园，在那里，时常会遇到拍婚纱照的男女。

周末，一个人骑着自行车溜达，看见乱糟糟的菜市，以及流动的小摊，他们偶尔会占道，一条路半天才能通过，你也会想，这可真不够好，至少是给出行带来了烦恼。但仔细一想，都让人生出些许温情来。一次，在一条小巷里行走，居然找不到出来的方向，只好原路返回，这也是一种城市探索吧，因为通过这样的丈量，你才能感知这个城市的深度与厚度。这让我想起台湾晃荡达人舒国治的"行为艺术"，时常在街头晃荡，遭遇种种故事，这亦是享受生活的一部分。艺术家朱其将此称为"牛经大学"旁的乡村后现代：有破旧不堪的廉价纤维雨布支起的露天大棚，沿街摆开一长溜水果摊、小吃摊，旁边垃圾乱扔。也有卡拉OK、网吧、舞厅、酒吧、足疗店、美容店……它们是那么和谐地相处。

最可喜的还是三环路边的绿化，令人着迷。树木郁葱，花草繁盛，远看，既有一片绿意，尽管不知它们的姓名，看到这些植物，依稀有回到杜工部的"晓看红湿处，花重锦官城"的影像了，甚至于会带出一些诗情来。每次沿着三环路散步，都会生出一种感慨来，这跟回归自然差不多的了，若是再有点儿庄稼，或植一些果树，简直就有田园的感觉了。现在三环路上的绿道倒是成了骑行者的最爱，在那里晃荡，找到跟城市不一样的感觉，这才是休闲的妙法，至少对成都来说，不需要走得太远，就能过得休闲，才是最为关键的。

生活的不便，在这种时候似乎是可以忽略不计的。如果在一环、二环，也有不少的植物出现，但远没有三环的丰盛，就像一桌豪华的宴席，诱惑着那颗弱小的胃，但一经品尝，大有一次享受个够的痛快。某次在三环路上骑行，累了，就坐在树丛下小憩，看来往的车辆，以及车声，走在路上的男女，滑过的公交车……这样的场景熟悉而又有些疏离，就如人跟城市的关系，那样的一种感觉大概只能用妙不可言来形容。偶尔在三环路发呆，想象一下生活场景，是不是一种有格调的生活姿势？

不过，这需要慢慢地去体会，理解。如此，在繁忙的工作之余，才能找到生活本身拥有的更多乐趣。发现生活，不需要更多的道理，只消留心这生活中的点滴，有一双发现的眼睛，足矣。那么，对我来说，与其沉睡在某个梦想中，不如选择不同的时段出来，在三环路上溜达，就会发现许多意想不到的乐趣了。

# 古镇在别处

得空去古镇看看，老传统，老街坊，老手艺。周末总会有人吆喝着出去走走。距离城市不太远，又有乡镇朴素之美，大概只有古镇可以去了。但现在说到古镇，大都有点贬义的味道，是商业的变种，说起来很好，想象也不错，一旦亲历其境，才知道不是那么回事。

不管是江南的小镇，还是四川的古镇，大都有这样的感觉，所以，去逛古镇，说实在的，是没多大的看头。像丽江、大理，也似乎都不如从前那般美好了，商业、酒吧、小吃、夜场，给人的感觉，比城市还热闹，不仅如此，想玩得好玩一点，尽兴一点，也是难得。这折射的可能是古镇的伦理的没落，你喜欢古镇有古的味道——是不是破旧不堪的样子，有点古董的感觉？很多人就疑问，这样的地方谁去向往，不小资不文艺青年，注定离这样的场景很远。

有次去逛古镇，建筑是新近翻盖的仿古建筑，就是四大会馆也另作了用途，一条大街，街两边是古玩店、艺术小店、小吃店什么的，到处是来往的人，像城市里的繁华商业街，很商业、很现代。走在这样的街巷，虽名为古镇，却实在是城市的翻版了，可看的不多，可玩的不多。

144

得闲，去云南的几个古镇看看，黑井、诺邓、沙溪、和顺、娜允、八宝、丙中洛……几百上千年的风雨将这古镇历练得处事不惊，淡定幽雅。各有风味，商业固然也有，古迹也可见，却能安然地走着街上，看来往的人，小店，也很舒畅。即便是住下来一段时间，也只是古镇的过客，无法深入到他们的日常生活当中去，这就好比我们混迹在古镇当中，做得出他们的姿态，却学的是皮毛。至于古镇的性格和性情，也就距离更远了，就如同一些古镇上的伪古董建筑，只是"像"而已。与云南的古镇相比，四川的古镇却有着自己的味道。

在成都周边的古镇上闲逛，随手拍下的照片，看上去朴实无华。人的笑脸也格外爽朗，有时候从那一双眼睛里也能读懂岁月的沧桑——好的坏的都会在一个人的脸上留下些许的痕迹，只是轻易不为大众所知道罢了。如此待下来，也会发现：与城里人相比，他们的日常生活方式还是仿古的：如果去掉了现代的装饰和空间的话，简直有穿越时空的感觉了，在诗人奥冬的笔下，却是：一窗窗春色换个不停/从城市到平野到山间/——喂停车，我们到站啦。这一种惊喜就是小清新了。

古镇所呈现出的田园自然之美也好，破败颓废的沧桑之美也罢，即便是寂静深邃之美，也能令人顿悟，忘却凡尘种种烦扰。到底是因为古镇的存在，乡村才有了灵性。漫步在古镇的街道上，朴素的街景，远近可闻的人声，以及散发出的带有历史的气息，让人安静。事实上，我们所说的古镇只是一种生活状态，是生活方式与自然环境的结合在这里，你能看到老猫还是悠闲地伏在老房的窗台上睡觉，看老奶奶戴着老花镜，坐在太阳底下补衣服或做其他的女红……这场景，这古镇，静静享受沉淀的滋味。如果说，青春到处便为乡，到古镇去寻求生活美学，就是在追寻"生活在别处"，是今天生活的密集注脚。

# 散步

　　吃过晚饭，照例是出来散步。说起来这散步也没多少道理可言，既不是为了把身材瘦下来，也并非想着靠这个增添一些生活情趣，无非是想通过散步，让自己多一点独处的机会。对一个"宅男"来说，日常生活基本上跟家人相处，但相处得久了，也会生出一种厌恶之感，是对自己的不满："怎么能这样，不去挣钱，就想着在家里待着。"

　　这或许是因为我压根儿没想着在职场上混出多大名堂。既然给别人做工，辛苦也辛苦了，却未必有人承认那一种价值，不如退而求其次，做自己喜欢的事，挣钱多少都是无所谓，更何况闲居未必会过得就差劲一些。但这当然不是散步的理由。

　　从小区出来，沿着绿道溜达。绿道的两侧是树木，那是去年开始兴建的一条小道，适宜于散步，但时常还会有自行车、电动车出入，就打扰了那一份安静。在我都似乎可以熟视无睹——如此才不会杀死那眼里的风景。说风景只是树丛间的野草中开出花儿。从春天到夏天，再到秋天，不绝如缕。那一种阵势让人欢喜。在夏天的时节，我曾带着花草之类的书想去辨别它们的名称，看了一些没找见，就放弃了，我自我安慰说，又不是植物学家嘛。

其实，认识不认识它们，知道不知道它们的习气都不是最重要的，重要的是每天从那里经过，看见它在那或开放或丛绿，就已足够了。但这只是散步的一段，更多的时候我在打望，并非那种四处张望，而是在想着某一个出口，就像寻找思维的出路。但这时总会被电动车的铃声打断。往前再走一段，是一片建筑废墟呈现出的垃圾山。那上面也是丛绿的，有人甚至在那上面开垦，种上了菜蔬。我在那边溜达了一下，蟋蟀的叫声有点悦耳，这让我想起了某些诗句。但也仅仅是这样，我放慢了脚步，仔细倾听，甚至还有风声吹来，有一点快意。

如此走了一圈，天色也渐渐地暗了下来。我开始往回走，心里并没有太多的惦念，好像人世间所有的事情都想了个明白，其实，不明白也没有什么不好，所谓难得糊涂。我走的速度慢了下来。我想下次有时间得往更远一点的郊外走走。

虽然我住在城市的边缘，但离郊外或田野都还有一段距离。在春天时，我曾一个人溜达过去，呼吸下自然的空气。这话看上去有点矫情，实则是在城市生活久了，就沾染上了城市的空气：汽车、机械的污染总是让空气变得不那么自然。我想起这些依然怀念乡下的生活。但很明显的是回不去了，对城市的依恋是物质上的，却构不成一种城市生活哲学，相反的是，会是不是涌出逃离的想法。散步，也即这样一种方式。

不拥有那么多的想法，让散步纯粹一点。但就散步本身而言或，许包含的是生活的小旅行，那不是远足，也不是探秘，只是通过散步这种方式让自己释放一点不好或邪恶的情绪，调节内心的挣扎。不仅如此，心无旁骛，也成了奢侈的事。我还记得我最初散步的时候，总是忍不住东想西想，步履凌乱——体现不出那种闲散的散，情趣就少了一些。这当然于事无补，那隐藏在心里的焦虑依然存在。

　　散步，更适宜以一个旁观者的角度进行，不管道路会怎样，不管路上的风景如何，那都是不相干的，明乎此，才明白散步的境界实在是太低，以致会如此。假若把这散步当成了一种修行，我却觉得夸张了一些，倒是忽略了散步的那种闲情与逸致。散步的过程，让自己在那个属于自己的时空（世界）里待上那么一段时间，也能让自己顿悟许多。只是，我们在散步时，走得太快，才会那么容易错过许多的风景。

第五辑

## 风行长短

青衣羌国，对今天来说，可能更多的是一种传奇。但在洪雅这片土地上行走，似乎很难感受到曾经的氛围。不过，仔细挖掘，或许从那遗址中可寻见踪影。

在田地里，有那劳作的身影，而在战争中，依然可以望见他们的雄姿。在想象中，他们似乎跟今天的人不太一样，可我们走进历史，探寻过去，却发现青衣羌只是生活在古代而已，在止戈、柳江、花溪等镇上，还能从装束上，看到青衣羌的影子，如果仔细留意方言，也还能发现些许奥秘，只是对今天来说，我们更多的可能会从学术的视觉去看待，而不是将生活还原，以至于对青衣羌缺乏足够的了解与理解。

曾经的止戈码头，已消失不见，在历史上，它连接着洪雅与嘉定的关系，货物的运转，交易市场也已消失，却也还在述说着它曾经的繁荣，不管是穷山恶水，还是码头上奔走，青衣羌以自己的方式生存，坚韧中，透着自信，在外来文化看来，可能这有一些落伍，可对本地文化而言，因为在地性，却形成了自己的特色，它不是拒绝潮流的，只是在内心多了些坚守。

也许在今天，我们看到的情形，跟昔日的青衣羌已有很大的变化。科技的进步，交通的便捷，让这个族群在融入现代文明的过程中，也会丢弃到那里古董的做法，这一种转变对传统而言，是破坏，却又没有形成新的传统，也就渐渐地变成了逐渐消失的风景。

有意思的是，现在走访当地的老人，得到的印象是从民国开始的，可就连这也不可追忆了，也许是因年代过于久远的缘故吧。从言谈举止间，你依稀可见的是1949年之后的情景，那一场场残酷的运动，将青衣羌的历史再次改写，当这样的狂风暴雨一次次来临之后，我们称之为传统的东西（祭祀仪式、生存方式）就被丢掉了，"融入到潮流当中去"，而青衣羌的面目或特征就被强行分割，以至于同普通大众无两。

这一个过程，并非自然转变的过程。我在看介绍青衣羌国消失的资料时，自然最好的解释是融入当地生活，比如通婚、交往等等，青衣羌国就渐渐地从历史上消失了。但这种变化是一个缓慢的过程，当有强敌入侵，或面临危境时，才会有大的变动，裂变之后的状况是无从复原的。在历史上这类的个案并不鲜见。就青衣羌而言，大致也是如此。

虽然现在的青衣羌国还没有更为确切的文字记录，但从今天保留的些许痕迹我们不难发现，虽然"青衣羌"的称谓还在，在讲述其历史故事时，却看不到更具象的故事，以至于无法找到还原历史的方式——对青衣羌的记录在《洪雅县志》中几乎找不到，但扩大范围，从其他志书或各类文字记录中去寻找，或许能发现更多的踪迹吧。

水流高低，风行长短。在青衣羌生活的这片土地上，当风轻轻地吹过，吹走的只是历史的尘埃。历史不会因此而消失，只是会成为口头相传的传说而已。在考察历史时，这样的细微变迁，正是历史的幽微之处，它却能够带着今人穿越历史的时空，走向过去、现在和未来。

渗到骨子里的中国智慧

到洪雅游玩，当然不仅仅是逛逛古镇那么简单，而是要寻历史的刻痕，比如到止戈古镇去，还真是发现镇子很小——仅仅有两条街的古镇，在街上走来，两百多米的距离，却也还能看到许多有意思的事。

说这个古镇有意思，是因为在古镇里，还依稀见到"文革"时期的建筑、标语，怕这也是镇上最古老的建筑了。但在这里生活的人据说，很早以前是以青衣羌为主，这从它的来历也可看出来。而今，青衣羌跟汉族早已融合，大概在饮食、服饰上还能看到些许影子。

在古镇的止火街上行走，偶然看见一个老者戴着眼镜，在织一张渔网，手法细腻，而又有着几许认真。那表情里有一份严肃。这不禁让人想起餐桌上的鱼来，不过，像织渔网这类事，怕是在很多地方已经消失的手艺了。

古镇虽小，却也还有丰富的历史文化，因为它靠青衣江而建，多年以前，它还是洪雅的著名三码头之一，可站在青衣江边上，吹着江风，却找不到它的遗迹所在了。这是令人遗憾的。曾经的许多码头都消失在历史当中了。在历史当中的青衣羌，多有描述，他们勤劳、智慧，在不断地迁徙过程中，靠山吃山靠水吃水，那一份适应能力是无与伦比的。

北宋的历史地理学家乐史在《太平寰宇记》里写道过止戈："公元221年刘备在成都称帝，西南蛮夷首领雍闿，率云南和越西一带少数民族降服刘备，与蜀国使臣会盟于千丘坪（即今天止戈古镇上游2000米处）"作为继《元和郡县志》后又一部现存较早较完整的地理总志，《太平寰宇记》记录的地理文化总显得简略一些，但仔细想想，今天所谓的打捞历史，不正是在历史迷雾中探寻吗？

止戈今天所遗留的止火街、文昌街，在某种意义上，正是止戈文化的代表。在关于止戈的传说中，和平、和谐一致是主题，要想做到这一步，并不是那么容易的事，这就好像历史的征伐一样，很多时候只不过是满足一部分人的贪欲而已，为何要战争，而不是要和平？这背后所隐含的文化既是达尔文所论述的经济学，是的，弱肉强食，一直以来，是历史的组成部分，并且延续至今。

居住在这里的青衣羌人在武力上固然保持了文化传承，但对于一个部落或领地来说，和谐才有了共生的机会，不管是在冷兵器时代，还是在今天，战争受害者并不是正义之类的大词所能够涵盖的。青衣羌人在面对强势的蜀汉部队时，是挑起战争，还是选择和平，实在是事关整个部族的生死存亡。而在止戈的和谈，为彼此的未来都留下了更宽广的生存空间。

有一个故事说的是，相传当年宰相张英（1637~1708）的邻居建房，因宅基地和张家发生了争执，张英家人飞书京城，希望相爷打个招呼"摆平"邻家。张英看完家书淡淡一笑，在家书上回复："千里家书只为墙，让他三尺又何妨；万里长城今犹在，不见当年秦始皇。"家人看后甚感羞愧，便按相爷之意退让三尺宅基地，邻家见相爷家人如此豁达谦让，深受感动，亦退让三尺，遂成六尺巷。这条巷子现存于桐城市城内。

而这种做法在今天看来，依然有其价值，不管是国家大事，还是邻里之间，倘若缺乏了和谐的基因，和平相处也就变得困难，战火也就不断。在止戈古镇上走走，想一想历史的云烟，这和平实在是有渗到骨子里的中国智慧——那是对生活美好的向往，也是人生存的法则了。

## 行走高庙 探寻古味

在去洪雅之前，只知道有一个高庙白酒，在柳江古镇的时候，见店家挂着招牌，高庙白酒，问了下同行的朋友，果真是平时所见的酒，自然多一些兴趣。这高庙也许有很多意思了。

最近几年，四川的旅游搞得大而不当，总喜欢搞一些大的旅游区，一个环线下来，把周围的景点逛完，这虽方便，却失去了旅行的意义。想着古早时候的旅行，是一步步丈量土地、山川、河流，哪里有今天的便捷，可今天的便捷，却使旅行失去了几许味道。还是说回高庙古镇，它位于洪雅县城西南50多公里，距峨眉山金顶14公里，是峨眉山、瓦屋山、周公山环线必经之地。即便是这样，专门逛古镇的人少了，更多的是在环线上行走而已。

这古镇至今已有近700年历史的，因老街市最高处古有土地庙而得名，清代逐渐完善。走在街巷里，好像看见了岁月透出的点点尘光。一丝静谧，少了喧哗。这正是古镇的模样，可时下的许多古镇，商业化得太厉害，以至于连原生态都消失掉了。在高庙，还有酒坊可以参观，那酒香衬托着古镇的古意。好像从武侠小说走出来的江湖客，喝酒、泡茶，都有一种江湖的习气。

寺院、戏楼、花溪源……如许景色，真是让人感到几分安然与自在。朋友宋亚娟说："探寻高庙古镇，无论是悠长的石板长街，还是小街上的茶坊酒肆，抑或是售卖草帽农具的小店，都会让你感受到时光在这里洒下的记忆碎片。"

穿越历史的时空，似乎可以看到青衣羌国的面影。历史的尘埃里，那些爱恨情仇，又有多少被人记载呢，过眼云烟罢了。在古镇上晃荡，驻足，打望，像这样的古镇，最适宜的是一个人慢慢地走，不必在意时间的流逝，看那裹着头巾的老太太，听着不太懂的方言土语，也有着一种好玩。

关于这个古镇，有位朋友说，古街不大，两小时就足够了，她就像一个居住在深山的佳人，远离尘世的喧嚣，静静地保持那份特有的自然。这一份自然现在也时常被侵扰。古色门窗，雕花刻案，瓦檐遮天。这正是它的风貌，曾经的历史，在这里驻足，穿越在街巷里，寻寻觅觅，却能看到不一样的风景：相对于城市生活而言，简朴也不失为一种风格。在高庙，即便是参观者，也大都步履匆匆，好像面对这街这景，这建筑这道路，都似乎太普通了，没有更多的亮点，对一个小镇而言，正是其真实的面目呢。

倘若不是时间太赶，真想住下来，看看不同的时间段，会相遇怎样的人与事，这当然不是指艳遇，而是在这安静的镇上，能寻找到久违的感觉。是的，当我们走过这样那样的风景时，可能会觉得这无所谓。不过是一个驿站而已，但对生活在这里的人来说，是一种无法割舍的情怀。

所谓古味，在我看来，可能依存于建筑上，也可遗留的方言里……青衣羌人在这里生活，起居，怕是时代转变了几回回，但那语言还是带有自己的腔调的，而服饰也可能变得跟当下无异，但在青衣羌里，还保留着几分青衣羌的基因，这才是古镇的魅力吧。

这样想着，不由得想起曾在一些小镇上流浪，看街景看行人，无非是想通过日常的生活来折射一个时代的变迁而已。在高庙，哪怕是一个人走过去，也似乎能够留下几许记忆的刻痕了。

## 一座小镇一条河流

四川的古镇众多，有一段时间，我也爱往各种古镇上跑，但跑来跑去，多少有些失望，古镇已不适合泡茶馆那样慢慢地泡，人流如织，车来车往，不仅如此，到处都是商业的影子，那小吃不管是地道不地道，都在卖，各类商店比邻而居，看上去就是成都的春熙路步行街，只是微缩版罢了。这样的古镇，看不到当地人的生活场景，有的是现代商业与文明。

朋友建议去柳江古镇去看看，也看了不少网上的记录。比如"建于南宋十年、距今800多年历史、四川十大古镇之一。"百度柳江，这些关键词在带着你寻找柳江古镇脉络的时候，会有很多意外收获。但要揭开它的面纱，唯有亲临，不管如何，那才是最贴近古镇的一种方式。

柳江边上的麻柳、古榕树林立，给人自然生态的感觉，唯有江水少了些，河床有一部分已裸露了出来——也许是因为枯水季节吧。亦有两三个渔人带着撒网，在江里捕鱼，虽然常常是撒下一网，未必捕捞到一条鱼。那多半是向往一种自由主义的生活了。我们站在江边看，拍照，这类的场景以往在老家时常常遇到的。

在这个古镇上晃荡，川西风情吊脚楼、水码头、临江古栈道、百年民居……沿着一条始终从容不迫的河水，沿途皆是风景。从晨曦到日落，从阳光四溅到烟雨朦胧，柳江，所展示的是一幅静美出世的画面。古镇的生态应该是多元，而富有意味的，在柳江大致看不到那么多的游人。据说周末、节假日也照样是游人如织，只是我们去的时间与此错开了。

逛逛曾家园，真是感叹从前的读书人的气场，在这个老院落里不由得让人畅想许多故事，可惜这样的院落是越来越少了，更多的是人工改造的结果。在老戏台上、在辟为展览室的厢房里，依稀可见曾经的生活痕迹。除了我们一行人之外，见不到游客，在安静中仿佛又回到了那旧时光。

在临江的古栈道边上，有着一些时髦的客栈，随意走进一家客栈兼书吧的地方，可惜没有更多的书可看，有的是几册网络书或武侠小说之类的，并夹杂着几种杂志而已。或许看书只是一个由头，看江上的风景才是重点吧。沿着古栈道行走，让我想起歌手何勇写的《麒麟日记》：

在北京的钟鼓楼上，有一只石雕的麒麟，在那儿站了几百年，默默地凝视着天空、土地和人民，似乎总在等待。有一天，会有一阵大风吹过，它会随风飞起来。

麒麟，在柳江没有它的踪影，有的只是石雕的狮子。而在这里生活了千百年来的是青衣羌人，他们在这里生活，沿袭了一贯的青衣羌习性，依靠着这柳江，将自己栽种的农产品、茶叶运往雅安或嘉定，换取生活的必需品。在那岁月的辰光中，好像人民很满足这样的生活，一旦战争来临，也会波及柳江，于是，在这里演绎的是乡村政治，也充满了博弈，但不管怎样，生活总得继续进行下去。

可晃荡在柳江的古镇上，看到的是它现代的一面，而青衣羌的基因则演绎成了日常生活当中的种种。在跟当地的朋友聊天时，他们也会说起此类的事，但对许多细节已是语焉不详。而要追寻青衣羌的步履可从柳江开始，或从古栈道开始，踏上远去的路途，那里交集了多少故事，今天已不可知。可从那些遗迹或遗址中能窥探出些许的历史现场。

一座小镇因一条河流而变得生动、活跃。在历史舞台上，它不那么起眼，却保存了旧日的面貌。在柳江古镇漫步，正是在解构它曾经的生活：风一直在吹，我们变成数年轮的人，而柳江千百年来一直那样流淌，正如同青衣羌族人一样，在日常生活中，活着，生活，如此而已。

## 舌尖上的洪雅

到某一处旅行，或生活。看自然风光，似乎必不可少。但对一枚吃货来说，更多的是关注那一方的饮食风景。前几天，跟朋友聊天，说看天下的风景，与其亲临其境，不如看看画册、电视上，就已觉得它们的美好，未必需要去亲临。再者，很多时候，那美好留在心中，才能产生更多的美好。一旦亲临现场，就连想象，都变得有几分陌生。

有一回，跟旅行家小黑一起泡茶。他说，你是有酒有朋友就旅行完美了。想想，也真是那么回事，有什么比这样的旅行更愉快的呢。那些自然风光，早不知被多少人拍照留下了，我拿出最好的相机，怕也是难以拍出不同的风景吧。

所以，作家张小娴说，旅行不拍照。但去洪雅，不拍照不行，那不是对风景的赞叹，而是对饮食风情的歌咏了。

洪雅，离成都仅仅有一百多公里，却从未去过，但以前曾相处的同事是洪雅人，从他们的描述中，你能感受到洪雅的风情气息，是温软的，也是让人惦念的，比如美食，比如美酒。最近有几天时间，徜徉在洪雅的山水间，呼吸那清净的空气，品尝着不同的美食，也是一种难得的休闲了。

舌尖上的洪雅，才让我们更容易亲近它。这不仅是口舌生香的问题，而是在饮食中，或许能领略到当地的更多风景。话说，这饮食适合当地人的口味，才能一代代流传下来，否则，就可能消失在历史的尘烟当中了。

这或许才是对洪雅的诗意解读吧。而洪雅作为青衣羌人的聚居地，这里的饮食风格，因地制宜，就地取材，形成了洪雅的饮食风格，不过，这至今还保留着青衣羌的特色。

恰遇措普
沟令人着
迷的风景

说起"高原江南"甘孜州的巴塘县，早在2012年的秋天，我就曾随着著名网站天涯社区组织的"天涯十二季"活动，从成都出发沿着国道318线行脚，就曾路过巴塘县，第二天一早还观察了巴塘人的市井生活。

生活在成都的作家色波就是土生土长的巴塘人，我还记得他曾在文章中写过巴塘的人文风光，自然风景，山野世情，着实令人着迷。草原、河谷、冰川、林木、寺院、瀑布、山丘……汇集在措普沟，走进来，就让人感受的到这个独特的隐秘世界。措普沟，又名"岭嘎溪"，意即格萨尔王的部落。

## 山野之趣

国道318线从离开雅安开始，就可看到连绵起伏的群山，对于曾长期生活在平原的人来说，看见山与海，同样是让人兴奋的事情。因此，一路走一路拍照片，"这景色太舒服了。"想不到在山间还能看到这样的风景。继续行脚，穿过几座山之后，在马路边时常可见拍照的人群，而我的这种兴奋丝毫不减。

在经过理塘，看见海子山之后，就特别期待与措普沟相遇。在我还没出发到措普沟时，就有朋友说："你若是提前说去这儿，我一定跟你一起去欣赏风景。"这话说得我有些不好意思起来，这次临时决定远行观山，并没有事先的安排。这是说走就走的旅行。

穿过措拉镇时，我却没有留意到已经到了目的地，幸好同行的朋友说："到了。"措拉镇并不是很大，318线从小镇上穿过，路的两侧有饭馆、杂货店，看上去并不太引人注目。我也是去过一些景点的人，但这小镇和措普沟的美，并没有挂起钩来。或者说，从这里路过的话，可能很容易错过去。

然后，沿着巴曲河进去，这个河谷就是措普沟。山色由远及近，渐渐明朗起来，这才看到山中风景是怎样的漂亮，如果再晚一点来的话，也许遇到的山色更为漂亮吧。车子沿着溪流行走，风景却也迥异，幸好有向导介绍这河流两岸的风物如云杉、青杠林，这才体验到山野之趣。倘若是一个人在措普沟，大概是看山只是山，看水只是水，就无法懂得这一方山水了。此刻，我想起了香港作家董桥笔下的山峦来：

下午六点钟斜阳金色的余晖染黄了层层山峦，Richmand Road斑斑斓斓尽是紫红的光影，家家花园里蟋蟀和雨蛙琅琅齐鸣。路上阒无一人，空空荡荡像个落了幕的舞台，微风过处，茉莉花的香气馨幽缠绵。

## 热坑与温泉群

车子正行进之中，在河的右岸看到岩壁上冒起了白烟。"咦，那是什么？"忍不住好奇地追问。"这是温泉啊。这也是间歇泉，你今天幸运，才能看得到。"朋友笑着说。时不时有硫黄味随风飘过来。然后，在山路边，看见几个村民在赤身裸体地洗澡。我们的车子从旁边开过去。我留意了一下，他们洗得那么认真，旁若无人似的。

早就知道措普沟有温泉，却想不到是这样自然朴素的温泉。在回旅馆的路上，我在网上查了下这温泉所在地，原来地名是热坑，位于茶洛乡境内。这茶洛是藏语名，也即温泉的意思。

这个热坑温泉群，也被称为"川西第一地热公园"，有网友说，这个温泉群在整个川西来说都算是最大最奇特的地热景观，因此地有大大小小的1000多个泉眼，颇为壮观。我想起有首《巴塘竹枝词》来："一泓热水浸方塘，扶起春醅似海棠。可惜荒城无蜡烛，故烧明火照松光。"作者说，温泉番名擦楮，土名热水塘，劈松木胶燃火，以代油烛名松光。这是以前巴塘人的生活了。

在回旅馆的路上，顺便在一家小超市买了几样零食和一盒鸡蛋。"明天的早餐，就是这个了。泡温泉，煮鸡蛋。"想一想这事多少有一些浪漫。

第二天一早，我们再次来到热坑，山风徐徐吹来，有点凉薄。但见山谷里，温泉冒出的烟雾不断升腾起来，连绵起伏，这风景倒是难得一遇。在山路的右侧有一眼温泉，热气直冒，这里就是煮鸡蛋的地方。时不时有人带着鸡蛋到这里来煮，这看上去已成为"共识"。我尝了一下煮鸡蛋，却没有硫黄味。

这些温泉的温度很高，几乎都是100度。若是地势宽敞的地方，就被人挖成一个小水池。在这里沐浴也似乎成为一种习惯。我们在这里逗留期间，就有两三位当地人来这里沐浴了。后来，我才了解到这温泉，又有"药泉"之称，难怪有诗说："温馨不限瑶池浴，涌泉更为洗风尘。"

# 扎金甲博神山

在措普沟了三十多公里，迎面就撞见雪山，那就是扎金甲博神山。只见粗犷的峭壁林立，山岩裸露、山形奇特无比，海拔高达5382米。不用说，那位迎面站立，右手张开的人物就是格萨尔王了。相传，扎金甲博神山为格萨尔王和王妃珠姆的化身。有一种说法是，当年格萨尔王征战于此，被湖光山色所吸引，流连忘返，于是便把这里作为了自己夏季的避暑乐园，在措普沟，还有一处崖洞，据说也是格萨尔王留下来的遗迹。事实上，在这措普沟与格萨尔王有关的遗迹可谓无处不在，除此之外，还有试剑石、磨剑石、沐浴的温泉、降岭大战的古雕等等，而在巴曲河的左侧看到过一座古雕，是否与格萨尔王有关呢，或者说起见证了措普沟的历史。

这神山，以"秀、险、奇、特"著称。主峰上的"格萨尔"和"王妃"，形态逼真，天工巧成，山上的石峰、石笋，似人、似物，有如"石女""石兔"……看上去这里就是一幅生动的措普风情。

傍晚的阳光刚刚好，照在扎金甲博神山上，好像格萨尔王披上了金色的战袍，让人陷入到历史深处当中去。这时候的草原上一片宁静，一些牛羊四散在草原上，缓慢地行动，远处看去，一个个黑点，而巴曲河在草原上流淌着，这情这景，有几分陶醉。

我们停下来，坐在草原的一隅，等待日落的到来。然而，风来了，"我们看不到风景了。"但还是等了一阵子，高原的天气变化多端，要想遇到好风景，唯有等待。

也许，我以前从318线路过之时，却没有遇见这扎金甲博神山，这一次的相遇，许多年却过去了，自然是让人感慨万千。

# 章德草原

在峡谷间穿行，溪流淙淙，山路有点儿弯曲，看不太远，那就看看河谷两岸的风景。正在有倦怠之时，突然一片草原撞入了眼帘。这就是章德草原。看一看车行距离，已经是走了6公里。这里为茶洛、列衣、德达三个乡的牧场。

这一个草原曾被中国国家地理杂志评为"中国最美的川西高原草原"，可见其魅力无穷。有一位旅友说："相对于景区内依山傍湖的神奇美景，章德草原的出现绝对是对措普沟辽阔景色的注解。"这话说得绝对，却自有几分道理。

有一位旅友这样描述这个草原：夏季的章德大草原，白云、蓝天、绿草、红花、牛羊、帐篷、炊烟……勾勒出大草原一幅幅和谐绵延、波澜壮阔的风情画卷。在章德大草原上，随处可见逐水草而居的藏族牧民，黑色的牦牛帐篷用氆氇制成。它们或单家独户搭在草坡尽头，或三两成群集于山麓，如同一块块镶嵌在翡翠玉盘中的黑色宝石。牛羊在草地上悠然自得地漫步，牧民的帐篷炊烟袅袅，青藏高原独有的高海拔草甸和灿烂的鲜花，映衬着巍峨的雪山和潺潺的溪水，显得分外的美丽动人。

我们抵达草原时，已经是秋天了。在草原上行脚，看群山环绕着草原，倒是特别的景观。在此后的两三天时间里，我们逗留在草原上，像牧民那样生活、观察。有一天，我们看见好几头牦牛渡过巴曲河，却并没有遇到传说中的"情侣鸟"。

草原的辽阔，虽然与我在内蒙古所看到的草原迥异，却自有趣味。毕竟这是高原之上的草原，满眼望去，能感受到草原的风情，对牧民来说，这不是诗意，更与远方无关，而是切实的生活。

## 措普湖

在要告别措普沟的时候，才去参访措普寺和措普湖。如今的措普沟内的山路已经通过整修，可以直达措普寺。我们穿过草原，我以为是沿着草原的边缘前行，就会抵达措普寺，想不到寺院在扎金甲博神山的背后，而沿途就经过了措普湖。听说在寺院的周围分布着些许野生动物，比如旱獭、盘羊等等，"去早了，也许我们就会遇见。"我们满心地期待。

可是，等我们到措普寺的时候，听到的消息有些让人沮丧，"盘羊没有来，前几天，它们还到寺院里来过。"我们在寺院外面的草地上坐一阵子。然后就看见一群僧人从寺院走出来，去转湖。我们也就去看湖，先去的寺院旁边的两个小湖：康珠拥措、志玛拉措，这湖泊在森林深处，隐秘而安宁。如果航拍的话，就能看到它们犹如人的双眸，镶嵌在这寺院的一侧。再往回走，就是有"康巴第一圣湖"之称的措普湖了。

这里湖光山色，多达300多亩，看上去很是舒服。在湖岸上搭建了一些帐篷，还有一些木屋。在这湖边的生活，又有怎样的体验呢？我想起梭罗笔下的瓦尔登湖来。但很显然，在措普湖边的生活更加纯粹、自然，好像是没有受到外界的污染一般，一如这湖水的湛蓝、幽深，需要时间才能读懂它的美好。

辞别措普沟，我与朋友约着换个季节再来寻访，也许会发现更多有趣的人和事吧。

高原江南
的
美
冬日之

1

　12月的天气着实有些寒冷。朋友约着到"高原江南"巴塘走一走，这样的天气，能遇到怎样的风景？我到巴塘去过两次，都是行色匆匆，能够了解到的事物极少，更不要说人文掌故这些了。在去巴塘之前，我到毛边书局·桃蹊书院的"巴蜀文化专架"看了一天有关巴塘的书。总的来说，大致领略了巴塘的人文风光。

　终于踏上巴塘之旅。从成都出发，不知道是雾霾天，还是雾霾，天空灰蒙蒙的。这样的冬天能去外面躲一下，也是美妙的。翻越了二郎山。在康定城外，一家名叫"土地坡"的餐馆就餐。我还记得，沿着318国道行走的话，时常会遇到"土地坡"几个字，却弄不明白"土地坡"来源于何处。时常行脚川西山川河流之间、此次同行的刘老师告诉我说："土地坡是邛崃南门外的一个小地名。之所以会看到许多以土地坡命名的餐馆，那是因为都是来自这个地方。"这真是有些像"国家地理标志"一样散落在这高原的山川之间。

经过塔公草原，时在冬天，自然可看的风景不多。由此到新都桥，记得多年前的秋天来过，看到的一路的黄叶，美轮美奂。如今，树木落叶，变得犹如荒野。终于看到雪和雪山，也是让人欣喜的。在成都，已经是有很多年没有看到这样的雪了。

## 2

这一次依然选择住在雅江县城。不过，这次并没有住在县城里面，而是县城旁边。还是因为怕在雅江遭遇堵车，毕竟窄窄的街巷，让人感受的是山城的逼仄。也不只是如此。冬日的街市，当然比不上其他季节的游逛。因为寒冷，大都窝在家里吧。

第二天路过理塘。这里是"丁真"的故乡。像他那样看上去纯情的人，在这高原之上，绝不是少数。但从城市里来，看惯了尔虞我诈，职场暗黑，遭遇那样的笑容，自然让人心动。我们从县城穿过，街上人很少，虽然出了太阳，有风吹过来，依然给人有寒冷的感觉。

也许是因为冬天的缘故，沿路遇到的车辆极少。偶尔遇见一辆车，也是快速穿行。下午一点钟，抵达措普沟。进沟，去措普寺，看措普湖。然而，刚刚修好的公路上有雪，那是上一周留下的印迹。车子在路上匀速而行。想起上一次在这里看到的场景，都已经被雪覆盖。在章德大草原上，看不到牦牛、奔马，只有巴楚河在静静流淌。远处的雪山依然如故。我们停留在草原上，等着火烧云的到来。天气越来越冷。这时候，刘老师依然在坚守，看着阳光缓缓位移。

终于拍到了照片。然后向巴塘县城进发。天色暗下来，这是艰苦的旅行，也许会遭遇雪路，甚至有暗冰。小心地行驶，抵达县城已经是九点钟了。

## 3

我还记得有一次在巴塘住宿的时候，是住在金弦子大道旁边的一家旅店，印象并不是很好。既然巴塘有高原江南之称，这里也许会遇到更多有意思的风景——至少是和以往不太一样的吧。

这次，我们选择住在民俗旅馆——巴楚林嘎。最初我以为这是一家民宿，其实更全面的说法是民俗旅馆。第二天，我看到院子里有一首小诗《康巴小江南》：康巴小江南，巴塘一沃原。三山护绿土，二水绕粮田。坡上牛羊壮，地边果珍鲜。山中藏金矿，水里产银圆。甜歌催日出，弦子踏月圆。天赐一福地，何须寻桃园。在其旁边还有一首《措普沟秋趣》：措普秋来早，落叶吻枯草。晚霞山顶雪，倒影随波摇，僧挑措普水，鱼入桶中跳。岩羊闻钟声，进庙晚祈祷。诗写得很通俗，却写出了措普沟的秋景。

然后，步行出来才知道这里是格聂村。"格聂"在巴塘几乎随处可见，跟格聂神山有关。格聂神山位于四川甘孜州理塘县西南部、巴塘县东部。它的藏语名为呷玛日巴，是我国藏传佛教24座神山中的第13座女神。可见这里的村落取名也是别具含义的。

在巴塘，汉藏文化从康宁寺（丁宁寺）建立以来，就有着交流，寺院旁边的古柏见证了交流历史。

## 4

冬日的巴塘，虽然看到的绿植并不太多，但依然可以从街头的花木可以感受到暖意。在巴塘的几天时间里，只是早晚略冷，等到太阳出现，这里就暖冬如春。在中山广场，我看到晒太阳的人们。在其背后，就是巴塘县图书馆，在那里更容易感受到巴塘文化的历史与变迁。

在以往，成都人遇到冬天或迁徙到海南、米易这样的地方，却不知道在这高原小城——巴塘就相遇到冬天的美好。安静、慵懒，这里的街道虽然并不算多，随意地走一走，就可看到街头的风景，这也是和美的。

　　巴塘的海拔并不像理塘那样的高，因而不会担心高反。也许正是因为如此，一旦从理塘经过路过（拒绝了一部分的进入），再到巴塘，就能感受到高原风景，高山、草原、绿地，这真是有些出乎意料。我想象着"湘西王"陈渠珍在《艽野尘梦》所说的旧事。他从巴塘路过到西藏去，最终演绎了一段艳绝高原的故事。如今，这样的故事也在流传。

　　在高原之上，相遇到冬日的美好。在朋友圈看到成都的雾霾天，如果有时间，在这里多停留几日也好……

## 月亮湾看黄河

第一次过红原，拐个弯就到了唐克镇，再前行就到了黄河九曲第一湾。然而，因行色匆匆，也只能从照片中感受这黄河源的魅力了。这种遗憾，两个月之后竟然实现了。

八月初，当作家章夫微信上问我有没时间去若尔盖时，我毫不犹豫地答应了下来，这是因在成都度苦夏，不如出去走一走，更何况若尔盖的天气比成都凉爽许多呢。

这就有了若尔盖之行。抵达的第一天已是傍晚。早上七点半从成都出发，一路赶过去，也还是花了将近十个小时才到达若尔盖县城。入住旅馆后，即在旅馆晚餐，喝了点酒，回到房间就躺下了。一夜无话。第二天一大早，去黄河九曲第一湾。然而，天不作美，看上去随时都要落雨的样子。高原的天是变化极快的，雨随着乌云说来就来了。但这样的天比炎日要好得多。作家熊理博说：有时，看到乌云来了，就赶紧跑。还是跑不赢乌云，浑身都淋湿的机会是很多的。我没有这样的体现，生活在平原的人，很难想象高原上的风雨。

上午的活动是十点开始，我们来得有点早，几个人坐在山坡上，有点冷。这场活动名为"天边文学会客厅"，作家阿来与徐则臣的对谈，关于山川河流、自然生态，这样的漫谈也有意思。只是到十一点时，乌云来了，雨跟着落下来，瓢泼大雨。大家赶快躲到旁边的帐篷里。虽然如此，冷意还是不断袭来。我站在一位藏族朋友旁，他正在用手机进行现场直播。有一位粉丝和他互动起来：你是藏族人吗？衣服很漂亮，风景也很好。他就介绍这边的情况，这样的直播在若尔盖已很普遍了。听说也有很多"网红"直播，这样的自发活动，让若尔盖更具亲民性和接地气。

雨继续下着，直到十二点才渐渐结束。于是，众人到第一湾酒店就餐，打算饭后再去看看黄河。但饭后的天气依然不够好，这样就去唐克镇的月亮湾。唐克镇有关方面已在山上搭起了帐篷，我们就先去月亮湾。站在山顶俯瞰黄河，感受到山河不一样的美。在山的西侧，黄河拐了个弯，就像半轮月亮，绕着山脚流过去，河面突然宽阔了起来。我在山上拍照，众人也纷纷选择角度或拍风景，或拍花草。

在山的对面，有两艘船停在黄河岸边，这里的水流看上去不是很激烈，也是最窄的一处。有两个藏族人骑摩托车到了，虽然有船，却没有摆渡的人，等了一阵（也许是打了电话通知摆渡的人亦未可知）。然后就有人过来，开着船，向这边开过来。我在看渡船时，唐克镇多吉书记就招呼大家到帐篷里去。帐篷里摆上毯子和矮桌，桌上摆上了香蕉、葡萄等水果。等大家坐下来，倒奶茶，添加牦牛酸奶，酸奶有些酸，放了些白糖，拌匀了才够好。喜欢酸奶的吃了一碗又要了一碗。我吃了一碗即作罢，因随后端上来的是牦牛肉。坐在黄河岸边如此体验，也还是头一遭，如果再有二两烧酒就更好了。从山上走下来已是下午三点半。凑巧的是山下有牧民的黑帐篷，这帐篷是牧民用牦牛毛编织而成，在这里是最具特色的，但已很少见了。草原上最常见的是白帐篷，那是从商场买回来组装而成的，看上去少了些"草原味儿"。

虽然没有看到九曲黄河第一湾，但在月亮湾却感受到不一样的黄河风姿。

## 花湖记

说起湖泊来，我倒是看到过不少湖泊，它们形状各异，分布在高原或平原，或大或小，却带给人不一样的体验。在过唐克镇的路上，看到路标显示距离花湖，有99公里。这次要去看的是湿地公园。成都也有大大小小的湿地公园，与花湖相比，又有怎样的差距？这一点，我很好奇。

从字面上看，这花湖应该是鲜花盛开的湖。但导游索朗卓玛却说不是那么回事，而是夏日湖畔的鲜花盛开，犹如一朵朵鲜花，看上去极美。这里的生物多样性体现得很足，这也是若尔盖人最为骄傲之处。丰水季节，这里供应黄河的水虽然量不多，枯水季节却达到40%。这个量也足以说明花湖的重要性。花湖是热尔大草原上的天然海子，而这里是仅次于呼伦贝尔大草原的地方。从县城去花湖，不到50公里。路上，看见两只鸟儿在空中飞翔，卓玛说：快看，那是黑颈鹤。不过，大家猜是丹顶鹤。卓玛却说这里是黑颈鹤之乡，是没有丹顶鹤的。随后，卓玛给我们讲一个故事，有一对黑颈鹤每年都会来这里，有两位管理员和它们很亲近，别的人想亲近它们，都不爱搭理。大家就说，这就是很好的生态故事嘛。

走进花湖，下了车还需景区提供的摆渡车去湖畔。原以为车子可开到湖畔，却也只是到停靠站就停住了。再走进去就是木栈道，绕了一个圈，如此即可观看花湖的不同景点。

水草丛生的湿地，时不时会遇见灰鹤、野鸭、赤麻鸭、斑头雁、天鹅、老鹰、"会游泳的鸡"……大家看到这样的场景，忍不住拍照。时不时有鸟儿从天空中掠过，它们好像就是为了配合大家拍照似的。

这条数公里的木栈道虽可并排走四五个人，当是给人逼仄的感觉。那是因为时常有人停下来拍照，把半边的路都占了。不只是如此，逆行的人也不在少数，故有摩肩接踵之感。在这个旅行旺季，每天来此游逛的人多达上万。

于是，我们走走停停，随手拍下些许自认为很美的照片。

这花湖的故事还真是不少，只是多停留在口头传说中。不过，听一听也很过瘾。我把照片发到朋友圈，青白江诗人羊依德看到后说："你要是早到一两天，我们就可以喝下小酒了。"我翻查一下他的朋友圈，这才知道前两天他在若尔盖，还逛了花湖，却因临时有事返程了。这成了小小的遗憾。

顶着烈日，好在有风吹过，也还不是特别炎热。尽管如此，在高海拔的这通行走，也是一种考验。

## 若尔盖看流星雨

在高原上看星空是怎样的体验？这个还没有体验过。去年，我在彭州宝山村住过，那也是星空房，夜晚的山里很安静，遥望星空，这种感觉很美也很好。在城市里生活久了，夜晚随处可见的灯光，亮如白昼，让人远离了黑夜。有时，哪怕是晴天的夜晚，抬头也难以看到星空（月亮倒是许多个夜晚都会遇见）。好在，这几年成都的空气质量有了改善，晚上看星空的机会多了许多。但在高原看星空的次数却不多。

八月十二日，朋友圈里看到晚上有流星雨，这倒是值得期待的事。早早吃过晚餐，就在户外等着看流星雨。八月的若尔盖，夜晚有点冷，有几位干脆到河边去等待，我只是随意选择一个地方等着流星雨的到来。

不记得上一次看流星雨是什么时候了。在成都，即便是晴朗的夜晚，也难以看到流星雨的。

皇天不负有心人，流星雨终于来了。手机自然是无法拍摄出此时的景观，流星终于消失在夜空里。旅馆就在城市的边缘，灯光也还不是很多，这才有夜晚的样子。然而，天空中的星星并没有期待得那样多。这又有什么关系呢？

我记得，在草原上看到许多帐篷，都提到可以看星星，原来在这草原上看星星，也是很简单的事。我们住在旅馆里，自然无法看到星星了。但能与流星雨相遇，这样的机遇，也是难得的吧。

回到旅馆，还是没有睡意。这样的夜晚，因流星雨多了诗意。

## 若尔盖之味

到若尔盖，必得尝一尝当地美食。同其他高原城市一样，这里的蔬菜是很少的，最为常见的是土豆。土豆吃法最为简洁，将土豆蒸熟或烤熟，即可蘸着蘸料食用，味道绝佳，在成都就难以吃到这样美味的土豆。

在若尔盖没有品尝到藏餐的机会，却体会到手抓羊肉、牦牛肉，这两样食材煮好直接端上桌来，边上放着蘸料、葱白和蒜片，各人可根据喜好取用。午餐、晚餐均有这两道菜，却给人百吃不厌之感。这或许是在这里才能体验出它们的美味。

如果此时再来一二两小酒最好。只是在这海拔三千米之上的高原，饮酒总是让人觉得紧张。但对于我这样每年都要跑几次高原的来说，有酒有美食的生活，也是一种享受，好像高反也远离了。晚上呢，安安稳稳睡一觉就好了。

若尔盖有牧民，也有农业区，故在这里可体验不一样的生活。身处高原，却能有这样两重体验，倒也是很少见的事。只是限于时间，没有走进乡村去看一看、体验一番罢了。

行脚若尔盖，看看这一方水土润泽的自然生态，再体验不同的人文生活，这样一趟旅行就多了丰富的细节与生活魅力。

写于2023年8月15日

# 走读阿坝

## 六帖

### 一

认识阿坝，是从纸上开始的。多年前，在成都的一条小街上逛旧书摊，偶然遇到一册薄薄的《松游小唱》，作者是董湘琴。虽然对作者不熟悉，却对其中的唱词感兴趣，通俗易懂的词语描绘出一个独特的世界。

其中有唱词云：镇夷关高踞虎头，第一程山河雄构。大江滚滚望东流，恶滩声，从此吼。灵岩在前，圣塔在后；伏龙在左，栖凤在右，二王宫阙望中浮。好林峦，蔚然深秀，看不尽山外青山楼外楼。尽夷犹，故乡风景谁消受。

细读之下，也还是觉得有趣。如果知晓其中的地名与掌故，也就更加有味吧。只是这写于1891年的风景，早已消失在历史烟云当中，已很难看到，殊为可惜。

多年以后，我才知有人曾沿着这松茂古道，一路行进，这倒也是历史与现场的写照，会发现时间已经悄然改变了世界。不过，沿着这路线游学，无疑也是极好的事情吧。只是对这唱词的解读，需要花费更多的精力了。

还是在成都，还是逛旧书摊，遇到一册游记。收录了傅樵村的《松潘游记》。傅樵村就是"成都百科全书"《成都通览》的编者。1915年，他离开成都到松潘赴任知事，他徒步而行，沿途查访，到任后，他又考察民情风俗，名胜古迹。这些多在游记里有所记录。读来也是让人兴味大增。

神秘、有趣、博大。这是我对阿坝的最初印象。这种印象，却是让我念念不忘的。真想有时间跟他们一起去阿坝。

# 二

不过，我到底是喜欢阅读，不太爱行走的人。这些年虽然我也在四川走了许多个区县，也都是因工作关系去看一看，做下采访。真正去游逛的机会还不算太多。即便是阿坝境内风景如画，可游逛之处众多，也是难得有机会去看看。

直到有一年，一位朋友要编辑一册水磨古镇的书，才第一次去汶川，更确切地说，是到水磨古镇走一走。这是距离成都距离最近的古镇，到了这里还没深入到阿坝的深处，却让我了解到这里与都江堰的不同：古镇不大，临着河畔，倒也有些古意，羌式碉楼，在老街上逛一逛，游客不少，比我预计的要多。当然，关于水磨古镇的追寻，留在了那篇文字里。

多年后，我又去了一次水磨，午后，风很大，呼呼地吹着。那个下午，在街上逛逛，在河边拍下桃花，品尝下农家菜，然后就匆匆地离开了。那是因为担心错过回成都的班车。

后来，我去过汶川的绵虒镇的羌锋村，是寻访羌绣故事。那已经是汶川地震以后的事情，在一段河谷中看见山上跌落的乱石，村民们换了新居。虽然对于羌绣的认知，我还是有很多空白，当时听说这里有一大群家庭妇女组织合作社，将古老的羌绣与现代创意结合在一起，通过制作不同的羌绣产品，居家就可实现经济收入增长，因此，带动了周边村庄的人员加入进来。我去现场观察了劳动场景，虽然简陋，却将羌绣变成了一件件艺术品。无疑，这也是乡村振兴的一条路子。

有一次是去参观大禹农庄。我曾写下这样的文字：在大禹农庄，以自然风貌取胜，在原始的山林中，可见山见水，也可见仁见智，大可不必拘泥于某种既定的思想。这样的旅行才更为丰富一些，也能够探查到故事的背后因素。阿兰·德波顿在《旅行的艺术》里说，无论是赏心悦目的事物，还是实实在在的东西，我们从中获取幸福的关键似乎取决于一个事实，那就是我们必须首先满足自己情感或心理上的一些更为重要的需求，诸如对理解、爱、宣泄和尊重的需求。构成幸福的关键因素并非物质的或审美的，而永远是心理上的。

这只是阿坝乡村的一个侧面，却让我看到了乡村的生机。

三

在初次去阿坝之时，我还不认识油画家大唐卓玛。后来就有了接触，我才知道她和油画家杨瑞洪先生在阿坝师专工作，多年来，他们用艺术表达来呈现对阿坝的观察。这让我又多了一种进入阿坝的方式。

我后来参加了大唐卓玛的画展，既有藏地风情，也有羌族元素。在那一幅幅油画中，我看到一个个红色的人物，皆不是很大，停留在这样那样的风景中，人物没有面目表情的特写，却可通过其体姿看出其中的端倪。这种风格，倒也是阿坝的一种文化意义上的解读。

瑞洪先生常年行走在雪域高原，用中国传统的墨色与油画的技法结合表现阿坝高原的冰峰雪原，比如《阿坝·高原之冬》《九寨·树正之冬》《黄龙月光》……这些作品是阿坝风情的抒写，这种以呈现的方式创作，让人看了说不出的况味，既有岁月沧桑，又有人情冷暖。原来，在他的笔下，阿坝是这么一个有温度的地方。此外，瑞洪先生教授的学生中，也不乏类似的题材创作。

此时，我才发现，油画里的阿坝，原来是可以这般丰富、多元。大唐卓玛与瑞洪先生的风格迥异，却有着精神上的一致性。

很显然，这在我收藏的一些关于阿坝的相关作品中，这些可谓是独树一帜。当我们走过许多的路，看过许多的风景，也许换个视角会让我们得出更客观的认知。对阿坝，也当如此发现。

## 四

不少外地朋友到成都歇一脚，就去九寨沟看看山水之美。周围的朋友时不时有晒九寨的照片。面对自然之美，我是欠缺抵抗力的，尤其是这样让人向往的地方。

我所认识的曾倩老师，曾写过一本书，即关于九寨沟的作品。"你真该去九寨沟看一看？不是有首歌叫《神奇的九寨》吗？"这话说了好多年，我没有去。直到2017年8月8日的那场地震突发，我才意识到自己错过了什么？经历过地震之后的这方山水似乎有了些许沧桑之感。

这让我想起叠溪的故事。多数时候，我们以为自然就在那里，哪怕经历过许多时间都不会改变。但事实上并不是那么回事。当我终于来到九寨沟时，才意识到错过了不只是时间，同样也包括了与自然之美的相遇。

在阿坝漫游时，我想起了一册《九寨沟的神话和传说》，诸如此类的书册，惹人喜爱，就在于口口相传着过往，那些故事现在似乎已被淡忘了许多。不过，传说也是讲述地方故事的一种方式。

现代社会，让我们的生活变得匆忙起来。在行旅之中，也是步履匆匆，以为自己看到的风景就是眼前的美好。岂知在历史传说中，那些风景就多了灵动与美丽。停下来，等一等故事，何尝不是一种打量风景的方式呢？

对阿坝的风景，也当如此观察，才能洞察出许多亮丽来。

## 五

"走，到阿坝去耍。"朋友时不时会邀约，这也让我有了去阿坝的新理由。

我走读阿坝许多次，虽然都是短途旅行，却有着不同的发现。确实，在成都这样的超级大都市生活久了，即便是每天推窗都可看见雪山，也只是远观而已，如学者曾缄在《雨后见西山作歌》里所说："西山，兼汶岭雪峰而言，跨州连郡数百里，从成都平原可一览得之。嶔崎磊落，天下之奇观也。然常在云雾中，非至晴明不可见，见矣而为时亦暂，以是见忽于成都人。甲午初秋，大雨初霁，残日犹明，此山忽涌现在前……"

当走进这群山环抱的土地，才会有更为直观的感受：羌族、藏族构成的神奇土地，恰如诗人许岚的诗句：这是完美的交融。

山水、树木、建筑、人群……这些生活细节所呈现的不是一种冷峻风格，而是日常的状写。在这里，似乎才能感受到更为广阔的天地，尤其是直面自然（蓝天白云）与日常生活的和谐统一，好像是很遥远的风景，其实就在身边。

这几年，认识居住在阿坝的朋友不少，虽然在成都生活得久了，还是时常去阿坝走一走，似乎通过这样的方式，才能让生活保持一种新鲜感。

当我走读阿坝的次数增加，哪怕是无所事事，在阿坝的各地走一走，体验到不同的风情与况味，也就喜爱上了这一方山水。这才是阿坝的魅力。

# 六

为何去阿坝？当然会有各种理由。有人找出一百个理由。我却觉得爱上一个地方不需要太多的理由。比如有很好的风景，有趣的人与事，就已经足够了。

在汶川的姜维城脚下，拾级而上，然后踏足古城墙、点将台，这却是长满荒草的城池。从这留下来的痕迹当中，我们可穿越时空，看到过往的历史烟云，也看到了文化复兴的新机遇。

我还记得在汶川的博物馆与图书馆流连，看看前人留下来的记录，就似乎看见了阿坝的过去。即便是不去任何景点，都能收获不一样的感受。

确实，在走读阿坝的过程中，倘若事先做一点相关的功课，走读的过程，就增加了些许趣味，比单纯的行脚要更有意义一些。

护<br>
林<br>
员<br>
的

初<br>
心

## 绿水青山的守护神

峨边，这个地处乐山市的森林大县，人均林地面积超过一公顷。在脱贫攻坚的路上，这里的护林员就像守护神一样，守护着这一片绿水青山。

从峨边县城出发后不久，就沿着峨美公路前行。由于正在修路，这里的道路时好时坏，起伏不平的路面，让人不免颠簸了起来。车子在山间穿行着，两边的山坡上长满了树木，郁郁葱葱的景象，呼吸似乎也顺畅了许多。"我们这儿的负氧离子，已经'超标'了。"开车的师傅边开车边说起来。

这次采访首先要去的是614林场。我在网上检索林场的信息，所得并不多。只知道这里属于四川省川南林业局下属的林场之一。师傅话匣子打开了，就与同车的老师一起，跟我介绍这里的林业发展情况。这与我事先所掌握的材料有所出入，这也说明，"纸上得来终觉浅，绝知此事要躬行。"

四川省川南林业局是1950年就开始创业的四川老牌森工企业，而614林场是1958年8月在原来的伐木场基础上组建起来的三个林场之一。

这个林场横跨哈曲和勒乌两个彝族乡。随后，车子沿着官料河河谷前行，道路变得凸凹，低洼处还积满了雨水，车子路过，积水四溅，好在司机驾车技术一流，即便在这道路上穿行，也显得很是轻盈。

再沿着巴溪沟前行，抵达614林场的场部，已经是接近中午了。走进场部，微风拂面，阵阵凉爽满是心中的惬意。在这里，一个个头不高，身着迷彩服，却显得精神十足的中年人热情地接待了我们。这个中年人就是故事的主人公何昌寿。

## 守护林业22载

1998年9月1日，四川省省长宋宝瑞率领督察组到613林场，为"川南林业局天然林禁伐区"标牌授牌，宣布四川省全面停止天然林采伐，由此拉开了四川天然林资源保护工程的序幕。

出生于阆中的何昌寿就在这一年从川南林业局技校毕业，分配到了林场工作。他没有想到在这里一干就是22年。起初到林场时是分配砍伐树木的活儿，但随着"天保工程"的实施，他就转变为了护林员。

之所以选择做护林员，何昌寿是有着自己的思考的："小时候，我生活的地方就是绿水青山，看着舒心。到这里来工作，起初是参加树木采伐。很快就由砍树人变为护林人，这一回就好像回到了故乡。"

"我们将巡护分为两种，一种是远山巡护，常常要几天几夜，带着干粮出去，吃住都在外面，吃的是干粮，也就是方便面、馒头。再就是我们近山巡护，一般也都有二三十公里，多的话，可以走四十公里。早上六点钟就出门了，下午六七点回来。这是常态。"谈起日常工作，何昌寿如此说道。

采访进行到这儿，就有两名护林员走进了办公室，只见其全身"武装"：戴着帽子，身着迷彩服，脚跟到小腿的部位捆上绑腿，封闭得严严实实。"我们平时出去都是这样的打扮，捆绑腿，这是为了在山里巡护时可能会遇到蚊虫、蚂蟥和毒蛇等等。"何昌寿说，随后他卷起袖子，让我看他左臂上的一些疤痕，"这些都是蚊虫叮咬的。"

护林员打过招呼之后，就转身离开了。"我们这没有食堂，都是各人开火，中午吃得很简单，常常是一碗面。因为下午，他们还要继续去巡山。"何昌寿这样说着，并看了他们一眼。他们很快走出了办公室。

我们接着谈起他在林场的这些年的事儿。"我们平时就是在山里，尽自己最大的能力做好防护工作。"

## 盗伐红豆杉事件

对何昌寿来说，工作这么多年，印象最深刻的还是盗伐红豆杉的事儿。这也是新闻媒体唯一报道过他的事儿。

在峨边的森林中，生长着一种树木叫红豆杉，其又名紫杉，是经过了第四纪冰川遗留下来的古老树种，在地球上已有250万年的历史。

1999年，红豆杉被我国定为一级珍稀濒危保护植物，被全世界42个有红豆杉的国家称为"国宝"，联合国也明令禁止采伐。20世纪80年代，美国和欧洲的科学家相继发现野生红豆杉含有的"紫杉醇"，对部分癌症具有治疗效果，红豆杉开始拥有另一个称号——"抗癌神树"。

2002年的一份调查报告表明，8年时间里，在红豆杉最为集中的云南，部分地区的消耗达到了90%，当时一公斤紫杉醇的价格达到了18万美元。

2010年之前，在峨边县没有发生过盗伐红豆杉的情况。2010年该县破获的红豆杉盗伐案是7件，2011年上升到17件，2012年13件，2013年至11月份为6件。

红豆杉在当地，很不受待见，其长速很慢、不高，即使做成菜板也没人要——木质太硬，菜刀也会砍钝。当地人将其称为扁柏树，因为花大力气把树干剖成两半后，可以做成几根扁担，大多数情况下这种树无人问津。但随着对其价值的"认识"，也就出现了盗伐现象。

何昌寿说，当时的盗伐很严重。油锯、斧头、对讲机，是当地盗伐者基本的操作工具。"他们大多是这里的村民，以家庭为单位上山，父母在上面砍，小孩就在林检站门口放风，看到有队员往山上走，就用对讲机通知。"护林员很清楚盗伐者的作案手法，但很多时候无能为力。

"油锯很快，不到一分钟就可以锯倒一棵树，整理成原木、树苑也不超过半小时。"当地护林员见过红豆杉的盗伐现场，一棵红豆杉要几年甚至十年时间才长粗一厘米左右，而盗伐者在油锯和斧头的帮助下，只要不到一分钟就能把一棵上百年的老树伐倒。

何昌寿在工作中要求加强巡逻和检查，并对进入林区的人员进行摄像和记录，同时加强对当地村民的宣传，盗伐林木的最近的一起还是发生在三年前，2017年5月至6月期间，被告人介寨某林、介寨某沙、介寨某红、阿祖某布、吉石某哈、吉时某林、吉部某布、阿祖某布明知是去盗伐林木，仍然接受他人的雇请，进入614林场国家天然林区，共盗伐了9株云杉树。

那么，这两三年的情况呢？何昌寿说："现在这种现象没有了。因为我们和村镇都签订了相关的协议，共同守护这片森林。"

这时候，场部外面来了一辆中巴车，车上稀稀拉拉坐了几个人，一看就是当地人。司机和工作人员交涉，要到林区去。"他们是西河来的人，没有相关部门开的手续，我们不能放他们进去，现在正是防火季节。"何昌寿跟我解释。但那辆车就在场部外面，没有要走的意思。"我们不会放他们进去。"

何昌寿坚持原则办事，这背后就是他学习《森林法》《实施细则》及《森林防火条例》等法律法规，真正做到依法办事不出问题，执行政策不出偏差，使工作思路更清晰，处理问题更得心应手，他很快地掌握了林业方面的技术技能，实现了生产一线到管理岗位的角色转换。

## 森林防火术

2006年，何昌寿被任命614林场业务科科长。从护林员到业务科长，这不只是身份的转变，对他来说，这是责任就更多了一些。森林防火，是护林员工作中的重中之重。

为了更好地做好这个工作，何昌寿采取了两步走的措施，一是深入乡镇、村组开展森林防火宣传；与乡镇签订了森林防火责任书，进一步落实了森林防火责任制。仅仅做完这一步并不能说防火就高枕无忧了。

再就是带着护林员在林区拉练。在此之前，何昌寿把9286.05公顷的林场土地上跑了个遍，这里的卡卡角角，他是再熟悉不过了。2018年，他带着16人的队伍进山，在林区里滚摸爬打两个月，他就是通过"实战"来让大家对林区防火有更真切的感受。

这种培训包括如何在发生火灾的情况下重复砍树修枝，设置防火隔离带等等，都是一些技术活。比如说在做隔离带时，就需要砍树，但如何用刀砍也需要技术，好在他有过一些实战经验。"尤其是下午两三点的时候，人变得疲乏了，如果不注意的话，这时会出现'飞刀'伤人的情况。"何昌寿说，"这时候，我就不断地提醒。拉练下来，大家都顺利地通过考验。"

正是在何昌寿的带领下，614林场的森林防火措施得当，从没有发生过森林火灾现象。

## 森林抚育的美学价值

五月，正是观看杜鹃花的季节。在路上，司机就在说："我们这时候去614，可能看不到杜鹃花了。"想一想这真是有些遗憾。这里的杜鹃三至五月开花。还有个景点叫杜鹃池，是位于614林场的贝母山上，海拔2000多米，每年都有游客来这里观花。对何昌寿来说，这里只是林场的最美风景之一。

"这里很漂亮，五月也能在林区看到鸽子花。"这鸽子花就是珙桐开的花儿。为了更好地守护林区，何昌寿召集职工开展宣传、动员，在保证管护工作顺利开展的基础上，调配了林场最强劳动力组建了森抚战斗班组，开展了森林抚育作业人员技能和森林抚育作业。

在森林抚育的工作中，何昌寿既是战斗员又是服务员，在面对时间紧、任务重、林班条件差、天气恶劣、住宿点潮湿且蚊虫肆虐等诸多困难，首先从党员和管理人员找突破口，做好克服困难的思想准备，再团结全体突击队员，凝聚共识，敢于担当，积极投身森林抚育作业。他不但在生活上关心队员细致入微，而且工作上更是身先士卒，勇于奋战，充分发扬了川南人吃苦耐劳、甘于奉献、敢于和善于打硬仗的精神。抢阴天战雨天，科学合理安排作业进度，严格把控作业质量。

何昌寿每天总是第一个出门，最后一个休息，体现了一名党员干部创新干实事、敢啃硬骨头、担当有作为的风范。在他严格要求下，通过职工共同努力，林场每年都保质保量安全圆满完成了"森抚"任务。

看着林场的环境变得越来越漂亮，何昌寿觉得这正是和同事们的努力结果。当地人将这些护林员称为"绿水青山的守护神"，这种说法正是对他们工作的认可。

## "单边户"的生活

参观场部的生活时，我看到一些人家开始做饭，饭菜都很简单，在旁边的空地上有几片蜂箱——护林员的收入低，只有通过这样的方式贴补家用。《四川省川南林业局志》记载，川南营林处在1966年开始养蜂，到1970年代中期，614林场也开始养蜂，但在数年之后停业。现在的养蜂多是职工单干。林场为了增加收入还曾种植黄连、引进梅花鹿进行喂养取茸，都因种种原因没能继续下去。

林区生活也不容易，生活车会在固定时间将物资送过来，因此平时难以吃得上新鲜蔬菜，"有时天气热，买回来的肉都变味了。"何昌寿说，"不过，现在的条件跟以前比，也确实是好多了。"

随后，他带我到护林员的生活区参观。一片平整的山坡上，修建了围成凹字形的砖房，他们的家里陈设简单。正是做午饭的时间，这才得以看到他们生活的样貌：简单的厨具、家具其少，就是在这样的环境里，他们守护着大山和森林。"外面的世界很精彩"，但对护林员来说，这里自有一片天地。

在614林场，何昌寿是典型的"单边户"，妻子和儿子居住在"娘家"南部，父母还住在阆中，自己在这里工作就很难照顾到家庭。"儿子读初三了，成绩一般。老婆前段时间因为生病住院，虽然有人照顾，我还是觉得很愧疚，没有好好地陪伴在家人身边。"何昌寿说到这儿，就停住了。今年，因为新冠疫情，加上防火季节，他已经有半年没有回去了。

通常情况下，何昌寿一年会回去两三次："我们有时会有十天的假期，这时候就回去一下，来回花在路上的时间就有两天。"这种无奈与奉献，让人觉得这就是现实生活。但说起对工作的态度，他又精神了起来。

在工作中，他强调的是责任心："守护好这片绿水青山，保护好我们的林业资源，是我们林业人最快乐的事也是我们护林人最大的心愿！"

这朴素的话语，就像何昌寿的人一样，无需雕琢。

　　我们是在614林场吃的午饭，饭菜做得很简单，有道菜里加入了麻杆菌，味道鲜美。这是森林里的常见食材。师傅在吃饭的时候就说："大家要吃得饱一点儿，一会路上颠簸，小心很快就饿了。"我对612林场没有什么概念，再说山路经过上午的行程，大概领略了这里的路况。难道下午的路还要难走？这让我有些好奇。果不其然，接下来的路更难走，甚至于某个路段因为施工，暂时封路了。好在施工进行得很快，我们停留了十多分钟继续前行，峨美公路上，偶然遇到一辆客运大巴车，是从美姑县开过来的，摇摇晃晃。

　　我们随着车辆行驶了很长一段距离，然后沿着一个下坡道继续前行。这是一段渣石路，沿着河谷修建而成，路的两侧被林木包围着。我想象着612林场的情况，但不管怎样想象，都出乎我的意料之外。当我以为车子就停在门外时，车子却上坡直接开进位于双河口的林场的场部里，这是一个四合院，周围分布着办公室、住宿区，看上去比614的环境要好一些。

　　612建于1955年，位于峨边的勒乌乡的甲挖村、柑子口村一带，覆盖着21万余亩原始森林，主要从事营林生产和少部分原木生产。此地处于峨边、美姑交界，森林管护面积大，责任也很重，下面有五月沟、太阳坪管护站，条件艰苦。刚走进办公室，就见到了憨厚、爽朗的护林员李崇国。然后就开始加微信，办公室里没有信号。于是，我俩到院子里寻找"信号"，这才加上了微信。"如果这附近停电，我们这里就更没信号了。"

## 标准的"林二代"

612林场是川南林业局最远、最艰苦的林场。但说起在这里的工作，李崇国总是说完几句话后爽朗地"哈哈"笑几声。让我颇感意外的是，生于1975年4月的他是个标准的"林二代"，父亲年轻时就开始在林场工作了，做的是砍伐工，后来就分到了老的613林场，依然是做这样的活路，辛苦，却比在城市里工作单纯多了。在李崇国18岁那一年，他就接过了父亲的班，开始在林场做活路。从此出发，他在林业工作中一路走来，先后任617林场702工段统计、犍为营造林分公司天保科长，现为612林场场部管护班副班长、四川省川南林业局森林消防扑火大队二中队队员。

从参加工作时，李崇国就立下了誓言："从事林业工作是我的选择，像父亲一样尽职尽责做好本职工作。"

给他最大的动力则是来自年迈的父亲。

说起父亲当年在林场的工作，李崇国说："今天跟他们那个时代比，幸福多了。无论伐木，还是木材运送，当时完全是靠人力，住宿条件也很差。"《四川省川南林业局志》对当时的生活有这样的记录：

工人下班后常常是"三块石头顶口锅，四根木桩撑间房，嘴啃洋芋包谷粑，堆堆火前扯蚂蟥"，一边做饭，一边烘烤被上班打湿的衣鞋，还一边闲聊，吹牛谈天，啜饮小酒，苦中取乐，消除疲劳。躺上床后，常常是身下流水潺潺，头上星星点点，四壁风声萧萧。

在这样的艰苦条件下，川南人硬是创造出一片林业天地。李崇国说："父亲这一代人虽然在林场生活艰苦，条件也不够好，但他们对林场的感情很深。我在这儿干了27年，也逐渐理解了父亲的那一份情感。那是林业人的奉献精神。"

我留意到李崇国在看问题时，总是有意无意地将林区的生活新旧对比，这也无形中让他对现在的工作更多了一份用心："老一代护林员比我们苦多了。"

## 43年无森林火灾的记录

川南林业局每年林场都会按惯例根据实际情况适时安排人员深入无人区对边界进行森林资源保护和森林防火工作巡护，只要林场一安排到李崇国，他从没有怨言。

天刚亮，便积极协助准备巡护职工生活，安全讲话、检查装备、毫不懈怠，迎朝霞、踩露珠，顶风冒雪、披荆斩棘，在苍翠林海中。饿了，吃方便面摘野果充饥；渴了，喝几口沁人的山泉水；累了，就在林中树桩或土沟旁打个盹。

一路坚持前行、一路风餐露营，等到达目的地——海拔约4000多米的马鞍山时，雨水、汗水浸透衣服，泥浆沾满全身但他从没有叫一声累，没有半句怨言。

巡护，在李崇国的眼里，就像一趟出门旅行，因为在旅途中，还能看到沿途的风景呢。他也会拍下照片，做视频或者抖音，总是要让更多的人知道这山林的美。

森林防火，责任重于泰山。每年的1到5月是四川省森林防火警戒期，作为副班长的李崇国更是带领管护队员起早贪黑加班巡护，纵向到底、横向到边，加强对入山人员的管理，加强对护林防火的宣传，生怕这片宝贵的绿色出现什么问题。有时会遇到进山挖药材的彝族老人，他会提醒别生火，小心引发火灾。这种随时随地的宣传，可见他工作的细心。

多年的巡山护林经历，林场的林班、山头走了个遍，不知走了多少路程，只清楚记得林区的每条小径、林班的每道沟坎，只清楚记得管护区域内的山山水水、一草一木。他就是这样，无怨无悔、默默无闻地工作着，用最平凡、最朴实的行动表达着对绿色的无限热爱。

"我父亲那一代做伐木工，辛苦。现在我们做护林员，轻松得多了。"但在做巡护时，他也在思考森林防火的事儿。正是这样的不断"琢磨"，让对森林的爱增加了许多。

由于李崇国和他的班员们管护方法得当、管理严格，多年来，管护区域内没有发生一起森林火灾事故以及毁林开荒、乱捕乱猎野生动物等违法行为，在森林资源保护工作中做到及时发现、及时制止和及时报告，及时妥善处置，为管护区43年无森林火灾的情况发生贡献了力量。

## 欣赏自然之美

612林场森林管护面积大，最高海拔约3500多米，这里生活和生长着熊猫、猕猴、羚牛、珙桐、红豆杉等各种珍稀动植物。峨美公路从管护区域横穿而过，管护区入山路口多、战线长，常年管护仅靠徒步巡护，从而增加了森林资源管护难度。

作为副班长的李崇国严格要求、认真学习，加强对《森林法》《野生动物保护法》《森林防火条例》等法律法规的学习，同时以身作则，带领班组人员早出晚归坚持巡山护林，克服林区气候多变、山高路陡等困难，每天步行巡山二三十公里。

雨季时，巡山的主要任务是沿途查看有无火灾隐患，有没有人盗砍树木。同时，要耳听八方眼观四路，防止蛇、野猪等袭击。林区内荆棘密布，摔跤是常有的事，甚至会出现危险情况。好在李崇国对林区的自然环境熟悉，就可避免麻烦。

在巡山的路上，也会得到大自然的馈赠。比如会遇到野草莓、野猕猴桃，"都是原生态的"。这样的巡山，他不以为苦，倒是从中看出许多乐趣。这样的视角大概跟他长期与大自然接触有关。

2019年的五六月份，李崇国和同事组成的巡护队，沿着612林场边界巡护，进入到无人区，海拔在3000至4200米之间，然后就看见大片大片的杜鹃花，着实他觉得惊艳。"我们在外面一起度过了两天三夜，看到这花儿，真是不虚此行。"看着这么多的杜鹃花，他格外开心，忍不住拿起手机拍下这些照片。

当别人说林业工作艰苦时，他并不这么看："我们在这山里生活，负氧离子超标了，这样的空气就是财富。再就是每天与这些动植物在一起，也算是'有氧生活'，至于我们所欣赏到的风景，也不是一般野外摄影家所能看到的。仅凭这一点，就有很大的优势。以前我的身体素质没有现在的好。"说着话，他禁不住摸了一下光滑细嫩的脸蛋，确实比同龄人年轻许多。

每一次出去巡山，他都会拍下一些照片，晒在朋友圈里，这些照片也让更多的人对林场生活多了一些认知。

他经常说："虽然山高坡陡、路途艰辛，但能看到最美的风景，看到了森林资源安全，心里很踏实"。在这个只有数十人的林场里，像李崇国这样热爱自然的人并不在少数。场长杨继军对李崇国的工作态度予以肯定："我们这条件虽然艰苦，他却能带领同事换个眼光看问题，这也给同事们带来更多的干劲。"

## 女儿眼中的父亲

"我们这些'林二代'，是对林业有一份真热爱。父辈是献了青春献终身，献了终身献子孙。我们也差不多是这样。"李崇国说。

和许多护林员一样，他并不是峨边本地人，而是来自乐山下面的另一个县——犍为县。因为离家近，他比同事回去的次数要勤一些，但尽管如此，他还是照顾不到家里生活。

家里遇上什么事儿，得靠自己想办法解决。前几年，家里的事儿还能依靠父母，现在他们年龄大了，就得自己拿主意。但犍为县城不大，相对来说生活安稳，大多是家长里短的鸡毛蒜皮的事。

李崇国有个女儿，已经十岁了，在犍为读小学五年级。女儿起初对他的工作不理解。邻居家的孩子都是一家人在一起，其乐融融的氛围让她觉得羡慕："我很长时间看不到你。"

我看他手机里的女儿照片，长得大气，李崇国说："遗憾的是，不能陪伴着她成长。但守护林业，可以给子孙后代留下一大笔财富，这也是开心的事。"

有一次，他就耐心地给女儿讲解护林员的工作。女儿最后似懂非懂地点点头。2019年，女儿写了一篇作文《我的爸爸》，就写李崇国在护林中的事儿。

"作文写得不错，把我在林场的生活写活了。看到了这作文，我由衷地感到自豪。"他说完，就笑了起来。

"有没有作文的详细内容，或者拍成图片？"我急忙问起他来。

他摇了摇头："没有留下来。"

女儿还小，还不懂得许多大道理。但她知道爸爸是一个需要"舍小家、顾大家"的人。这一点,让李崇国开心。

在跟李崇国交谈的时候,你随时会感受到开心的笑,那是不加掩饰的笑。这种笑,也代表着川南林业在挫折中的茁壮成长。

## 最美的守护

2020年,新冠肺炎疫情以惊人的速度影响着全国,受林场安排春节期间在林场坚守岗位值班的李崇国,接到局、林场全面疫情防控的通知后,意识到此次疫情防控的重要性,立即按照林场的安排部署,克服了林场缺少消毒药品、口罩的众多困难,放弃了春节、元宵节回家与家人团聚的机会,义无反顾地投身到疫情防控的第一线,带领班组人员在做好自身疫情防控的同时,对天然林资源保护的力度更加加强了,巡护区域从没有发生一起盗伐、违章用火、侵占林地以及乱捕乱猎野生动物的情况发生,以实际行动确保了森林资源和人员安全。

"我们在山上待了四十多天,幸好还有存粮,加上道路塌方,蔬菜运不过来。我们就用豆瓣酱拌饭吃。"他这样说着,露出的依然是开心地笑。

《峨边彝族自治县人居环境综合治理条例》颁布以来,李崇国首先通过自身认真学习理解后,再带领班组职工学习,通过按照《条例》要求以身作则,规范职工日常生活习惯,积极引导职工自觉参与人居环境综合治理,为创造和保持整洁、优美、文明的人居环境做出了榜样。

一做林业工作就是二十多年,李崇国一如既往地对林业有着深情。他克服工作环境海拔高、信息闭塞、收入低,工作和生活条件都诸多困难的情况下,守住了清贫,耐住了寂寞,以林业职工高度的责任感和使命感认真践行着"绿水青山就是金山银山"的理念,尽心尽责守护着绿水青山,默默无闻地做一名生态文明的守护者和宣传者。

李崇国,堪称大山里的最美坚守。